HISTOIRE MERVEILLEUSE

DE

PIERRE SCHLÉMIHL.

UN ROMAN

DU POÈTE ALLEMAND CONTEMPORAIN

ADELBERT DE CHAMISSO,

TRADUIT PAR N. MARTIN.

HISTOIRE MERVEILLEUSE

DE

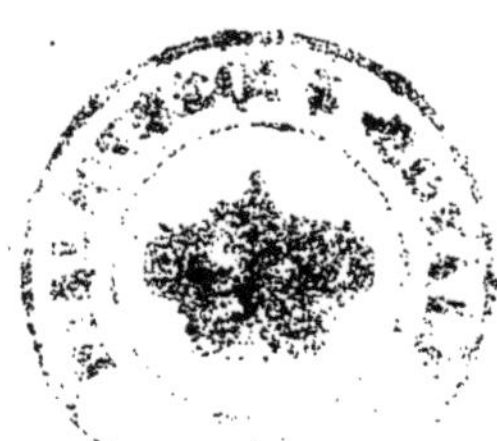

Pierre Schlémihl.

1837.

Dunkerque. — Imprimerie de Drouillard.

LE POÈTE ALLEMAND

Adelbert de Chamisso.

Adelbert de Chamisso (Louis-Charles-Adélaïde de Chamisso) naquit en 1781, au château de ses pères, en Champagne. L'émigration de la noblesse française le jeta tout enfant (1790) sur le sol de l'Allemagne. Après bien des souffrances, il arriva à Berlin où la reine, épouse de Frédéric-Guillaume II, le nomma au nombre de ses pages, ce qui lui ouvrit la carrière des armes. Il était en 1798 officier dans un régiment d'infanterie de la garnison de Berlin. Deux ans plus tard il dut se séparer de sa famille à qui l'amnistie accordée aux émigrés par le premier Consul permit de retourner en France.

Chamisso n'avait rien appris, et jamais il n'avait suivi les cours d'une école. Abandonné à lui-même, il versifia vers cette époque, d'abord en français, plus tard en allemand. En 1804 il édita, de concert avec *C.-A. Varnhagen von Ense*, un almanach des muses qui continua de paraître pendant trois ans. Cette entreprise presque téméraire fut le pôle heureux de sa vie. Elle le mit en contact avec des jeunes gens qui prirent rang parmi les hommes les plus distingués de nos jours. Dès-lors, il s'efforça de réparer le temps perdu. Il se mit avec une admirable persévérance à apprendre le grec, le latin et les langues vivantes. Il voulait quitter le service pour se vouer entièrement à l'étude, quand les événements de 1806 vinrent retarder l'exécution de ses projets.

Le cercle d'amis auquel il désirait se réunir n'existait plus; l'armée dont il avait fait partie, était dissoute; ses parents étaient morts. Dans ce moment de désespérante incertitude, il reçut une nomination de professeur au lycée de Napoléonville. Il partit pour la France, mais sans prendre possession de sa chaire, car il fut attiré par l'aimant magique de Mme de Staël. Lorsqu'en 1812, l'auteur de *Corinne* dut fuir en Angleterre, Chamisso quitta Coppet pour retourner à Berlin où il se livra à l'étude fervente de la médecine et de la nature. Les événements de 1813 ne l'ébranlèrent point; ils ne le détournèrent pas de son chemin. Dans les courts loisirs que lui laissait la science, il écrivit *l'Histoire merveilleuse de Pierre Schlémihl*.

En 1815, le comte Romanzoff, chancelier de l'empire de Russie, lui fit offrir de participer, comme naturaliste et savant, à l'expédition de découverte qu'il envoyait à ses frais dans la mer du Sud et autour du monde. Le voyage fut terminé en trois ans. Chamisso revint à Berlin possesseur de collections d'histoire naturelle d'un très-grand prix. Il en fit don au Musée royal. `

Peu de temps après, la faculté de philosophie de l'université lui décerna le diplôme de docteur. Il se maria. Les muses vinrent de nouveau se fixer près de lui.

Directeur des herbiers royaux; membre de l'Académie des sciences; glorieusement connu comme savant et comme poëte; heureux dans son foyer réjoui par les grâces folâtres de sept enfants; riche dans sa médiocrité et sa tempérance, peu d'hommes sont aussi contents de leur sort que Chamisso. Seulement sa santé qui paraissait inaltérable, éveille aujourd'hui des inquiétudes.

Je termine cette esquisse par la traduction d'une pièce de vers où le poëte s'inspire du souvenir de sa mère-patrie.

LE CHATEAU DE BONCOURT.

Je rêve que mon enfance m'est rendue, et je secoue ma tête grise : comment se fait-il que vous me visitiez, images que je croyais avoir oubliées depuis long-temps?

Au-dessus d'un enclos ombreux surgit un brillant manoir; je connais les tours, les créneaux, les ponts de pierre, la porte:

Les lions de l'écu me regardent si tendrement! Je salue les vieilles connaissances, et je pénètre dans la cour du château.

Là repose le sphinx au bord de la fontaine; là verdoie le figuier; là, derrière ces fenêtres, j'ai rêvé mon premier rêve!

J'entre dans la chapelle et je cherche le tombeau des ancêtres; c'est ici! c'est ici que pendent aux piliers les antiques faisceaux d'armes.

Mes yeux couverts d'un voile ne parviennent pas encore à lire les caractères de l'inscription, malgré la vive lumière qui brille à travers les vitraux coloriés.

Ainsi donc, ô château de mes pères! ainsi tu demeures iné-

IV

branlable dans mon cœur fidèle ! — Et pourtant tu as disparu
du sol, et la charrue passe où tu étais !

Sois fertile, ô terre chérie ! Je te bénis, pieusement ému ;
et je bénis deux fois celui qui trace des sillons sur ton sein !

Pour moi, je veux me recueillir et, mon luth à la main,
franchir les distances d'ici-bas, et chanter de pays en pays !

HISTOIRE MERVEILLEUSE

DE

PIERRE SCHLÉMIHL.

« C'est à toi, Victor, que je dédie
la traduction de ce petit livre, à
toi mon ami d'enfance. »

I.

Après une traversée heureuse, mais très-pénible pour moi, nous entrâmes enfin dans le port. Dès que le canot m'eut déposé à terre, je me chargeai moi-même de mon maigre bagage, et fendant les flots de la foule, j'entrai dans la maison la plus prochaine et la plus modeste où je vis une enseigne. Je demandai une chambre; le domestique me mesura d'un regard,

et il me conduisit sous le toit. Je me fis donner de l'eau fraî-
che, et indiquer exactement où je devais chercher la demeure
de M. Thomas John : — « En face de la porte du Nord, la première maison de campagne à main droite, une maison grande
et neuve en marbre rouge et blanc, avec de nombreuses colonnes. » — Bien. — Il était de bonne heure ; je m'empressai d'ouvrir mon paquet, j'en tirai mon habit noir encore vierge, je
m'habillai proprement, je mis en poche ma lettre de recom-
mandation, et je m'acheminai vers l'homme qui devait être
utile à mes humbles espérances.

Quand j'eus descendu la longue rue du Nord et atteint la
porte, je vis bientôt les colonnes briller à travers la verdure. — « C'est donc ici, » pensai-je. Je secouai la poussière
de mes pieds avec mon mouchoir, je rajustai ma cravate et je
sonnai en me recommandant à Dieu. La porte ne fit qu'un bond.
Dans le vestibule, j'eus à subir un interrogatoire ; puis le
portier me fit annoncer, et j'eus l'honneur d'être appelé dans
le parc où M. John se promenait avec quelques personnes. J'eus
bientôt reconnu mon homme à son embonpoint et à son air
de glorieuse satisfaction. Il me reçut très-bien, — comme un
riche reçoit un pauvre diable. — Il se tourna vers moi sans
toutefois quitter le reste de la société, et prenant la lettre que
je lui présentais : — « Ah ! ah ! de mon frère, dit-il ; il y a
long-temps que je n'ai reçu de ses nouvelles : il est pourtant
en bonne santé ? — C'est là » sans attendre ma réponse, il
poursuivit en s'adressant à la compagnie, et en montrant une
colline avec la lettre qu'il tenait à la main — « C'est là que je
ferai construire le nouveau bâtiment. » Il brisa le cachet sans
interrompre son discours qui se porta sur la richesse. « Celui
qui ne possède pas un million, continua-t-il, celui-là n'est
qu'un gueux, qu'on me pardonne ce mot ! » — « Oh ! que c'est
vrai ! » m'écriai-je avec une onction débordante. Cette excla-
mation dut lui plaire, car il me dit en souriant : « Demeurez
ici, mon ami, plus tard j'aurai peut-être le temps de vous dire
ce que je pense de ceci. » — Il indiquait la lettre qu'il empo-
cha aussitôt, et il se retourna vers la compagnie. Il offrit son

bras à une jeune dame, d'autres messieurs s'empressèrent auprès d'autres belles, tout s'arrangea pour le mieux, et l'on se dirigea vers la colline couronnée de rosiers en fleurs.

Je me glissai derrière, sans être à charge à personne, car pas une âme ne se soucia de moi plus long-temps. La société était fort gaie. On riait, on plaisantait, parfois on parlait gravement de choses légères; plus souvent on parlait avec légèreté de choses graves; et l'esprit s'exerçait surtout à son aise sur le compte des amis absents et sur leurs relations. J'étais trop étranger pour comprendre grand'chose à tout cela, trop embarrassé et trop soucieux pour fixer ma pensée sur de telles énigmes.

Nous arrivâmes au bosquet de roses. La belle Fanny, la reine de la journée, voulant par caprice cueillir elle-même un rameau fleuri, se blessa avec une épine, et un sang si pourpre qu'on le crut échappé des roses sombres, teignit sa main délicate. Cet événement mit toute la société en émoi. On demanda du taffetas anglais. Un individu mystérieux, mince, sec, long, vieillot, qui suivait de près les promeneurs, glissa aussitôt sa main dans une poche étroitement collée aux basques de son habit gothique en bourre de soie grise, en tira un petit portefeuille, l'ouvrit, et s'inclinant avec dévotion, offrit à la dame le taffetas qu'elle avait souhaité. Elle le reçut sans remarquer ni remercier celui qui le lui donnait. La blessure bandée, on continua de gravir la colline, car on voulait jouir sur sa cime de la vue immense qui, planant sur le vert labyrinthe du parc, allait se perdre au loin dans l'infini de l'Océan.

Le spectacle était effectivement grand et magnifique. Un point lumineux brillait à l'horizon entre les flots sombres et l'azur du ciel. — « Qu'on apporte une lunette d'approche, » cria John, et cette fois encore, avant que ce cri pût remuer la foule des valets, l'homme gris s'inclinant modestement, avait glissé la main dans la poche de son habit, et en avait tiré un beau télescope qu'il remit à M. John. Dès que ce dernier eut approché le verre de ses yeux, il prévint la société que le

point lumineux à l'horizon, était le vaisseau sorti la veille et
que des vents contraires retenaient en vue du port. Le télescope passa de main en main, sans toutefois revenir dans celle
de son propriétaire. Pour moi, je regardais avec étonnement
cet homme, et je ne comprenais pas comment la grande ma-
chine avait pu sortir d'une si petite poche. Personne pourtant
n'en parut surpris, et l'on ne s'inquiéta pas plus de l'homme
gris que de moi-même.

On apporta des rafraîchissements, les plus rares fruits de
toutes les zônes dans les vases les plus précieux. M. John faisait les honneurs avec une bonne grâce aisée, et c'est alors
que, pour la seconde fois, il me favorisa d'une parole : « Man-
gez donc ; vous n'avez pas eu cela sur mer. » — Je m'inclinai,
mais il ne le vit point : déjà il parlait à un autre.

On désirait s'asseoir sur le gazon au penchant de la colline,
mais on redoutait l'humidité du sol. Il serait divin, dit quelqu'un, d'avoir des tapis de Turquie pour les étendre à cette
place! Ce vœu était à peine exprimé, que déjà l'homme à
l'habit gris avait la main dans la poche, et que d'un air de
modestie et même d'humilité, il s'empressa d'en tirer un riche
tapis de Turquie tramé d'or. Les domestiques le déployèrent
au lieu indiqué. La société s'assit sans retard. Moi, je me remis à contempler l'homme, la poche, le tapis qui mesurait
plus de 20 pieds de longueur sur 10 de largeur, et je me frot-
tais les yeux, ne sachant que penser de tout cela, d'autant
plus que personne n'y voyait quelque chose de surprenant.

J'eusse reçu bien volontiers une explication sur cet homme ;
volontiers je l'eusse provoquée ; mais je ne savais à qui m'en
prendre, car je craignais presque encore plus *les messieurs qui
servaient*, que les messieurs qui étaient servis. Je me décidai
enfin et je m'approchai d'un jeune homme de moindre apparence que les autres, et que j'avais vu plus souvent seul. Je
le priai tout bas de me dire quel était l'homme complaisant
vêtu d'un habit gris. — « Celui qui ressemble à un bout de
fil échappé de l'aiguille d'un tailleur? » — « Oui, celui qui se
tient à l'écart. » — « Je ne le connais pas, » me répondit-il ;

et pour éviter un plus long entretien, il se détourna et se prit
à causer de choses indifférentes avec une autre personne.

Cependant le soleil commençait à se faire sentir plus ardent,
et les dames en étaient incommodées. La belle Fanny fit nonchalamment cette question un peu légère à l'homme gris à qui
personne, que je sache, n'avait encore dit un seul mot :
« N'auriez-vous pas aussi par hasard une tente avec vous ? »
Il lui répondit par une si profonde inclination qu'il sembla
qu'elle lui eût fait un honneur peu mérité. — Et déjà il avait
la main dans la poche d'où je vis sortir étoffes, perches, cor-
des, ferrures, bref tout ce qui peut servir à la construction
de la tente la plus élégante. Les jeunes messieurs aidèrent à
la dresser, et elle couvrit toute l'étendue du tapis. — Et personne encore ne trouva là de quoi s'étonner !

Déjà depuis long-temps je souffrais d'une anxiété pénible.
Que fut-ce donc quand, sur un dernier souhait, je le vis
encore tirer de sa poche trois chevaux de course, oui trois
beaux et grands chevaux noirs avec la selle et les brides ! —
Imagine-toi pour l'amour de Dieu ! trois chevaux sellés s'é-
chappant de la même poche d'où étaient déjà sortis un portefeuille, un télescope, un tapis tramé d'or, de 20 pieds de longueur sur 10 de largeur, une tente de la même dimension,
plus toutes les perches et ferrures qui s'y rapportent ! — Si je
ne te certifiais que je l'ai vu de mes propres yeux, tu ne me croi-
rais certainement pas !

Quelque embarrassé et quelque timide que parût l'homme
gris lui-même, quelque peu d'attention que les autres prissent
à sa personne, cependant sa pâle figure dont je ne pouvais
détourner mes yeux, m'inspirait tant d'effroi, qu'il me devint
impossible d'en soutenir plus long-temps la présence.

Je résolus de m'échapper de la société, ce qui me semblait
facile à cause du rôle insignifiant que j'y jouais. Je voulais
regagner la ville, tenter ma fortune un autre jour auprès de
M. John, et, si j'en avais le courage, le questionner sur cet
étrange homme gris. — Si encore j'avais eu le bonheur de m'es-
quiver !

Déjà, traversant le bosquet de roses, j'étais parvenu à me glisser jusqu'au bas de la colline, et je me trouvais libre sur la pelouse, quand la crainte d'être surpris foulant l'herbe au lieu du chemin, me fit jeter à l'entour un regard inquiet. — Quelle fut mon épouvante de voir l'homme gris s'avancer derrière moi. Il m'ôta respectueusement son chapeau et me fit une très-profonde révérence—on ne m'en avait jamais fait d'aussi profonde! — Nul doute qu'il voulait m'aborder, et je ne pouvais l'éviter sans impolitesse. J'ôtai aussi mon chapeau, je m'inclinai à mon tour, et je restai tête nue au soleil, immobile comme si j'eusse pris racine. Je le regardai avec des yeux fixes de terreur, et j'étais semblable à l'oiseau fasciné par un serpent. Lui-même paraissait très-embarrassé. Il ne leva pas les yeux, s'inclina à plusieurs reprises, risqua quelques pas en avant, et m'adressa la parole d'une voix basse et mal assurée, à peu près dans le ton d'un suppliant:

— « Veuillez, monsieur, excuser mon importunité si j'ose vous poursuivre ainsi sans être connu de vous; j'ai une prière à vous faire: daignez l'accueillir. »

— « Mais pour l'amour de Dieu, monsieur, m'écriai-je dans mon trouble, que puis-je faire pour un homme qui.... » — Nous hésitions tous les deux, et je crois que nous rougîmes.

Après une seconde de silence, il reprit: « Durant les trop courts instants où j'ai pu jouir du bonheur de me trouver en votre présence, j'ai mainte fois, monsieur, — permettez-moi de vous le dire — contemplé avec une admiration vraiment inexprimable, la belle, oh! si belle ombre que votre corps jetait, comme avec un noble dédain, sur l'éclat doré du soleil — charmante ombre que je vois encore étendue à vos pieds! Excusez une demande bien hardie sans doute: pourriez-vous consentir à me céder votre ombre? »

Il se tut — et je sentis ma tête tourner comme une roue. Qu'avais-je à faire de cette bizarre proposition de m'acheter mon ombre? Il doit être fou, pensai-je, et changeant de ton, je répartis:

« Oh! oh! mon cher ami! n'avez-vous donc pas assez de votre

ombre à vous? Voilà ce que j'appelle un marché d'un genre tout-à-fait extraordinaire. » Il s'empressa d'ajouter : « J'ai dans ma poche certaines choses qui pourraient ne pas sembler trop indignes à monsieur; pour cette ombre inestimable, je trouverais le plus haut prix médiocre! »

Soudain le frisson me ressaisit, car je me souvins de la poche, et je ne compris pas comment j'avais pu appeler cet homme mon cher ami. Je repris la parole, et je cherchai à réparer ma faute par une honnêteté infinie :

— « Mais, monsieur, pardonnez au plus humble de vos serviteurs. Je ne comprends pas bien sans doute votre intention : comment se pourrait-il que mon ombre.... » — Il m'interrompit : « Autorisez-moi seulement de grâce, à ramasser là devant vous cette ombre divine et à l'emporter. Comment j'y parviendrai, c'est mon affaire. En échange, comme preuve de ma reconnaissance envers monsieur, je lui laisse le choix entre tous les trésors que je porte avec moi dans ma poche : *La véritable racine à sauter*, *la Mandragore*, *le Denier de change*, *l'Ecu volé*, *la Serviette du garçon Roland*. — Mais tout cela ne sera rien pour vous; voici mieux : *le petit Chapeau de Fortunat*, *le Chapeau du souhait*, *retapé d'après la dernière mode*; puis *une Bourse de bonheur comme celle de Fortunat.*»
— « La bourse de bonheur de Fortunat! » m'écriai-je, et malgré mon trouble profond, ce seul mot avait captivé toute ma pensée. — Je fus pris d'un vertige, et je crus voir des doubles ducats briller devant mes yeux. —

« Que monsieur ait la bonté de prendre cette bourse afin de l'examiner et d'en faire l'épreuve. » — Il enfonça sa main dans la poche, et en tira une bourse de médiocre longueur, en épais marroquin cousu fermement. Il me la présenta en la tenant par deux longs cordons de cuir. Je l'ouvris, et j'en tirai dix pièces d'or, puis encore dix, puis encore dix, puis encore dix... — Et lui tendant une main prompte : « Topez, lui dis-je, marché conclu! Pour cette bourse, vous avez mon ombre.»
— Il me frappa dans la main, et s'agenouilla incontinent à mes pieds, puis avec une merveilleuse adresse, il détacha lé-

gèrement du gazon, mon ombre depuis les pieds jusqu'à la
tête; je le vis la ramasser, l'enrouler, la plier, et enfin la
mettre en poche. Alors il se leva, s'inclina encore devant moi,
et il retourna vers le bosquet de roses. Il me semble que je
l'entendis rire tout bas dans sa barbe. — Mais je serrais fortement les cordons de la bourse; le soleil illuminait la terre
autour de moi, et aucune pensée ne pouvait encore se faire
jour dans mon esprit.

II.

Enfin je revins à moi, et je me hâtai de quitter ce lieu où
j'espérais bien n'avoir plus rien à démêler. Je commençai par
remplir d'or mes poches, puis je me liai fortement autour du
cou les cordons de la bourse que je cachai dans ma poitrine.
Je sortis inaperçu du parc, j'atteignis la grand'route et je
m'acheminai vers la ville. Tandis qu'absorbé dans mes pensées
je me dirigeais vers la porte, j'entendis ces mots retentir derrière moi: « Mon jeune monsieur! eh! mon jeune monsieur!
écoutez donc! » — Je me retournai. Une vieille femme me
cria: « Regardez donc devant vous, monsieur, vous avez
perdu votre ombre! » — « Merci, la mère! » Je lui jetai une
pièce d'or pour son bon conseil, et je passai sous les arbres.
A la porte, le factionnaire me fit encore subir cette obser-
vation: « Où monsieur a-t-il laissé son ombre? » et immédia-
tement après, deux femmes: « Jésus Maria! le pauvre homme
n'a pas d'ombre! » Cela commençait à me chagriner, et j'évi-
tai soigneusement de marcher au soleil. Mais je n'y réussis
point partout, par exemple dans la rue large qu'il me fallut
bientôt croiser, et pour mon malheur, au moment même où
les enfants sortaient de l'école. Un damné de polisson bossu
ne tarda pas à remarquer qu'il me manquait une ombre. Il me
trahit par de glapissantes huées, auprès de ses camarades

dont fourmillait la rue du Faubourg, et ceux-ci se mirent soudain à me montrer au doigt et à me lancer de la boue : « Des personnes d'ordre, ont coutume d'emporter leur ombre avec elles, quand elles s'exposent au soleil ! ! » Pour détourner de moi leur attention, je jetai l'or à pleine main au milieu d'eux , et je sautai dans une voiture de louage où des âmes compâtissantes m'aidèrent à chercher mon salut.

Dès que je me vis seul dans cette voiture, je me pris à pleurer amèrement. Je sentais qu'autant l'or l'emporte ici-bas sur le mérite et sur la vertu, autant *l'ombre* doit être estimée plus haut que l'or même. Hélas ! qu'allait-il donc m'arriver à moi qui avais vendu mon ombre ?

J'étais encore tout consterné, quand la voiture s'arrêta devant mon ancienne hôtellerie. Je frémis rien qu'à la pensée de remettre le pied dans cette misérable mansarde. Je fis descendre mon pauvre bagage que j'accueillis avec dédain ; je jetai à terre quelques pièces d'or, et j'ordonnai au conducteur de me déposer à l'hôtel le plus en réputation. La maison était au nord : je n'avais pas à redouter le soleil. Le cocher reçut de l'or et partit joyeux. Je me fis conduire dans les meilleures chambres sur le devant, et je m'y enfermai le plus tôt possible.

Que penses-tu que j'entrepris alors ? — ô mon cher Chamisso ! Je rougis de l'avouer même à toi. Je tirai de ma poitrine la malheureuse bourse, puis avec une sorte de rage qui, semblable à un flamboyant incendie, s'accroissait d'elle-même, j'y puisai de l'or, et de l'or, et de l'or, et toujours plus d'or, et je le répandis sur le plancher, et je le foulai aux pieds, et je le fis grincer, et, repaissant mon pauvre cœur de cet éclat, de ce bruit, je semai toujours plus de métal sur le métal, jusqu'à ce qu'enfin tombant moi-même harassé sur cette riche couche, je m'y roulai avec un voluptueux délire. Ainsi se passèrent le jour et le soir ; je n'ouvris pas ma porte, la nuit me trouva étendu sur l'or, et c'est là que me vainquit le sommeil.

Et je rêvai de toi. Il me sembla que je me tenais caché derrière la porte vitrée de ta petite chambre, et que je te voyais assis en face de ton bureau de travail, entre un squelette et

un paquet de plantes desséchées; devant toi étaient ouverts
Linné, Haller et Humboldt; sur ton sopha reposaient un volu-
me de Goëthe et l'anneau constellé. Je te regardai long-temps,
puis chaque objet autour de toi, puis encore toi — mais tu ne
remuais pas, mais tu ne respirais pas: tu étais mort !

Je m'éveillai. L'aube me parut peindre à peine. La montre
s'était arrêtée. J'étais moulu. Je mourais de faim et de soif:
depuis la veille au matin je n'avais rien pris. Je repoussai loin
de moi avec indignation et dégoût cet or dont quelques heures
auparavant j'avais rassasié mon cœur insensé. Maintenant qu'il
m'était odieux, je ne savais qu'en faire. Il ne pouvait pas
demeurer ainsi sur le plancher. J'essayai si la bourse voudrait
l'absorber de nouveau — non — aucune de mes fenêtres ne
s'ouvrait sur la mer. Je dus me résoudre à le traîner péniblement à la sueur de mon front jusqu'à une grande armoire
placée dans un cabinet. Je n'en laissai que quelques poignées
sur le plancher. Ce travail fini, je m'étendis épuisé sur un fau-
teuil, et j'attendis que les gens commençassent à remuer dans
la maison. Alors, je me fis apporter à manger, et je mandai
l'hôte près de moi.

J'arrêtai avec cet homme l'ordonnance future de ma demeure. Il me recommanda pour le service particulier de ma
personne un certain *Bendel* dont la physionomie fidèle et intelligente me séduisit tout d'abord. C'est le même homme
dont l'attachement m'accompagna depuis, en me consolant,
à travers les misères de la vie, et m'aida à supporter mon lot
funeste. Je passai toute la journée dans ma chambre avec des
serviteurs sans maîtres, avec des cordonniers, des tailleurs et
des marchands. Je pris mes arrangements, et j'achetai surtout
une très-grande quantité d'objets précieux et de pierreries,
dans le seul but de diminuer un peu le monceau d'or; mais
ce fut en vain : je n'y vis pas la moindre brèche.

Je flottais cependant dans l'anxiété la plus pénible. Je ne ha-
sardais point un pas hors de ma porte, et le soir, je faisais
allumer 40 cierges dans mon salon avant de quitter ma chambre obscure. Je pensais avec effroi à ma malheureuse rencon-

tre avec les enfants de l'école. Je résolus, par un noble ef-
fort de courage, de mettre encore une fois à l'épreuve l'opinion publique — c'était le temps des clairs de lune. —
Un soir, bien tard, je m'enveloppai d'un large manteau,
j'enfonçai mon chapeau sur mes yeux, et je me glissai, tremblant comme un coupable, hors de la maison !

Épargne-moi, mon ami, le douloureux récit de tout ce que
j'eus à souffrir. Les femmes me témoignaient souvent la profonde pitié que je leur inspirais, démonstrations qui ne me
perçaient pas moins l'âme que les railleries de la jeunesse, et
que l'insolent dédain des hommes, surtout de ces hommes
épais et corpulents qui projetaient eux-mêmes, hélas ! une
ombre si large ! .... Une belle, une douce jeune fille qui ac-
compagnait ses parents, tourna par hasard vers moi ses yeux
de flamme.... et je la vis frémir, cacher son beau visage sous
son voile, pencher sa tête et s'éloigner sans bruit.

Je n'y pus tenir plus long-temps. Des ruisseaux de larmes
jaillirent de mes yeux, et le cœur brisé, je retournai chancelant dans les ténèbres. Je dus m'appuyer contre les maisons
pour affermir mes pas, et je n'atteignis ma demeure que lentement et très-tard.

Je ne dormis pas de la nuit. Le jour suivant, mon premier
soin fut de faire chercher partout l'homme à l'habit gris.
Peut-être réussirais-je à le retrouver, et quel bonheur ! si lui
aussi en était à se repentir de notre fou marché ! J'appelai
Bendel. Il paraissait adroit et rusé. Je lui dépeignis exactement l'homme qui avait entre ses mains un trésor sans lequel
la vie n'était pour moi qu'un tourment. Je lui indiquai le jour,
le lieu où je l'avais vu ; je lui décrivis tous ceux qui se trou-
vaient présents, et je lui recommandai de s'enquérir avec le
plus grand soin d'un télescope, d'un tapis de Turquie tramé
d'or, d'une tente et enfin de noirs étalons de course : mer-
veilles dont l'histoire se liait à celle de l'homme énigmatique
qui avait semblé à tout le monde insignifiant, et dont l'apparition avait détruit le repos et le bonheur de ma vie.

Après cet exorde, je fus prendre un faix d'or, aussi lourd

que je pus le porter, j'y joignis des joyaux et des pierreries
d'une grande valeur : « Bendel, lui dis-je, ceci aplanit bien
des chemins et rend faciles bien des choses qui avaient paru
impossibles ; n'en sois pas plus avare que moi ; mais va, et
réjouis ton maître par des nouvelles sur lesquelles repose son
unique espérance ! »

Il partit. Il revint tard et semblait abattu. Aucun des gens
de M. John, aucun de ses convives — il leur avait parlé à
tous — ne pouvait se rappeler, même vaguement, l'homme à
l'habit gris. Le télescope neuf était là, et nul ne savait d'où il
était venu ; le tapis, la tente étaient encore là sur la même
colline. Les valets vantaient la magnificence de leur maître,
et pas un ne savait depuis quand il possédait ces nouvelles ri-
chesses. Quant aux chevaux, les jeunes messieurs qui les
avaient montés, les entretenaient dans leurs écuries, et ils cé-
lébraient la générosité de M. John qui leur en avait fait présent. Tel fut le rapport prolixe de Bendel dont le zèle em-
pressé et la conduite intelligente obtinrent mes justes éloges,
malgré leur résultat infructueux. D'un œil sombre, je lui fis
signe de me laisser seul.

« J'ai, reprit-il, rendu compte à monsieur de l'affaire qui
l'intéressait le plus. Il me reste à m'acquitter d'une commis-
sion dont m'a chargé ce matin un individu que j'ai rencontré
devant la porte de la ville. Les propres mots de cet homme furent : « Dites à monsieur Pierre Schlémihl qu'il ne me reverra
plus ici, car je vais franchir les mers, et un vent favorable
m'appelle dans le port. Mais après *an et jour*, j'aurai l'honneur de le visiter moi-même, et de lui faire une autre proposition qui alors lui sera peut-être agréable. Présentez-lui
mes très-humbles compliments et assurez-le de ma reconnaissance. » Je lui demandai qui il était ; mais il me dit que vous
le connaissiez déjà. »

« Quel air avait cet homme? » m'écriai-je plein de pressentiment. — Et Bendel me dépeignit l'homme à l'habit gris, trait
pour trait, mot pour mot, tel qu'il l'avait fidèlement décrit dans
son précédent signalement de l'individu dont il s'était enquis.

« Malheureux ! m'écriai-je, en joignant les mains, c'était lui-
même ! » — On eût dit que des écailles lui tombaient des yeux.
— « Oui, c'était lui, c'était lui en effet ! *exclama-t-il* avec effroi ; et moi aveugle, et moi insensé, je ne l'ai pas reconnu,
je ne l'ai pas reconnu, et j'ai trahi mon maitre ! »

Il éclata, pleurant à chaudes larmes, en reproches très-
amers contre lui-même, et son désespoir m'inspira de la
compassion. Je lui dis des paroles consolantes, je l'assurai de
nouveau que je ne plaçais aucun doute sur sa fidélité, et je
l'envoyai sans retard vers le port, afin de poursuivre, s'il
était possible, la piste de l'homme étrange. Mais dans cette
matinée même, un très-grand nombre de navires que des
vents contraires retenaient dans le port, en étaient sortis
pour des destinations différentes ; et l'homme gris avait disparu comme une ombre sans laisser de trace !

III.

De quel secours seraient des ailes au malheureux qui gémit
enchainé ? Hélas ! il ne devrait pas moins se désespérer !
Semblable à *Faffner* près de son rocher, j'étais privé de
toute consolation des hommes, pauvre et misérable malgré
mon or. Enfouissant dans mon sein mon secret funeste, j'évi-
tais jusqu'au dernier de mes valets dont le sort me rendait
jaloux, car il avait une ombre lui, il osait se montrer en plein
soleil ! Je me cloîtrais dans ma chambre et la tristesse ron-
geait mon cœur.

Une autre personne se consumait de chagrin sous mes yeux.
Mon fidèle Bendel ne cessait de se faire des reproches, et cette
pensée était son tourment : J'ai trahi la confiance de mon bon
maitre, en ne reconnaissant pas l'homme vers lequel il m'a-
vait envoyé, et qui sans doute a mis à sa vie un lien mystérieux.

Afin de ne négliger aucune voie de salut, j'envoyai un jour

Bendel avec une riche bague en brillant, chez le peintre le plus célèbre de la ville, que je fis prier de passer chez moi. Il vint. J'éloignai mes gens, je fermai ma porte, je m'assis en face de l'artiste, et après avoir loué son talent, je vins timidement au fait. Je lui fis d'abord promettre le secret le plus profond.

« Monsieur le professeur, lui dis-je, pourriez-vous, si un homme avait eu le malheur de perdre son ombre, pourriez-vous lui en peindre une autre? » — « Vous entendez l'ombre projetée par un corps? » — « Oui, sans doute. » — « Mais par quelle maladresse, par quelle négligence a-t-il donc pu perdre son ombre? » — « Comment cela arriva, répondis-je, ne peut nous être à cette heure que très-indifférent, le voici toutefois — et mentant avec impudence, j'ajoutai: « Pendant un voyage qu'il fit en Russie, l'hiver dernier, son ombre, par un froid extraordinaire, gela si fortement sur le sol qu'il lui fut impossible de l'en détacher. »

« La fausse ombre que je pourrais lui peindre, répartit le professeur, serait cependant telle, qu'au moindre mouvement il la perdrait de nouveau — surtout si, comme vous venez de me le dire, il a déjà tenu si peu à son ombre véritable!... Que celui qui n'a pas d'ombre, s'abstienne d'aller au soleil, c'est le parti le plus raisonnable et le plus sûr. » — Il se leva et s'éloigna en jetant sur moi un regard perçant que je ne pus soutenir. Je retombai sur mon siège, et je cachai mon visage dans mes mains.

J'étais encore dans cette position quand Bendel entra. Il vit la douleur de son maître, et il voulut se retirer dans un respectueux silence — je levai les yeux — je succombais sous le fardeau de ma peine: « Bendel, lui criai-je, Bendel, toi qui, seul, vois mes chagrins et qui les respectes, toi qui parais vouloir non pas les pénétrer, mais en partager pieusement l'amertume avec moi, approche-toi, Bendel, et sois le confident de mon cœur. Je ne t'ai pas fait un mystère de mon or, je ne veux pas t'en faire un de mon affliction. Bendel, ne m'abandonne point! Bendel, tu me vois riche, généreux, bien-

veillant, tu t'imagines que le monde doit me glorifier, et tu
me vois fuir le monde et me cacher à ses yeux. Bendel, il a
jugé, le monde, il m'a banni, — et toi aussi peut-être tu te
détourneras de moi quand tu sauras mon épouvantable secret:
Bendel, je suis riche, généreux, bienveillant, mais — ô mon
Dieu! — je n'ai pas d'ombre! »

« Pas d'ombre? » s'écria le pauvre garçon glacé de terreur;
et des larmes brillantes ruisselèrent de ses yeux. — « Malheur
à moi! puisque j'étais né pour servir un maître sans ombre! »
Il se tut; et je repris d'une voix tremblante, après quelques
moments de silence :

« Bendel, maintenant tu as mon secret, maintenant tu peux
le trahir; va donc, et dépose contre moi! » Il parut soutenir
un rude combat intérieur; enfin, il se précipita à mes pieds, et
saisissant mes mains qu'il baigna de ses larmes: « Non, s'é-
cria-t-il, le monde en pensera ce qu'il voudra; je ne puis ni
ne veux délaisser mon bon maître, à cause d'une ombre;
je serai juste et non prudent; je resterai près de lui pour lui
prêter mon ombre, pour le secourir ou pour pleurer avec
lui. » — Je l'embrassai : j'étais certain que lui, du moins,
n'était pas guidé par l'or.

A partir de ce moment, mon sort et mon genre de vie chan-
gèrent un peu. Il serait impossible de décrire avec quels soins
Bendel savait dissimuler ce qui me manquait. En tous lieux
il était devant moi et avec moi, prévoyant tout, dirigeant
tout, et quand un malheur surgissait imprévu, me couvrant
soudain de son ombre, car il était plus grand et plus large
que moi.

Aussi me hasardai-je de nouveau parmi les hommes, et je
commençai à jouer un rôle dans le monde. Je dus à la vérité
afficher bien des manières et bien des fantaisies qui n'étaient
pas dans ma nature; mais c'est là le bon genre de l'homme
riche, et tant que la vérité demeura cachée, je jouis de tous
les honneurs et de toute la considération qui appartenaient
à.... mon or! Je songeais avec plus de calme à la visite que
devait me faire, après *an et jour*, le mystérieux inconnu.

La belle Fanny que je rencontrai pour la troisième fois et qui ne se rappelait pas de m'avoir vu ailleurs, m'honora bientôt de quelque attention, car maintenant j'avais de l'esprit, de l'intelligence. — Quand je parlais, on faisait silence pour m'écouter, et je ne savais même pas comment j'avais acquis l'art de conduire et de dominer si facilement la conversation. Je m'aperçus de l'impression que j'avais faite sur la belle et j'en devins aussi fou qu'elle le désirait. Je la poursuivis de mille soins partout où je le pus — à travers ombres et crépuscules. Tout mon orgueil était de la rendre orgueilleuse de moi.

Mais pourquoi te rapporter si longuement une histoire si ordinaire ? — Toi-même tu me l'as assez souvent racontée au sujet d'autres personnes très-honorables. — Ce vieux jeu où j'avais pris étourdiment un rôle rabattu, amena une catastrophe que personne ne pouvait prévoir.

Un beau soir que, selon mon habitude, j'avais réuni une société dans un jardin, je me promenais au bras de la dame de mes pensées, à certaine distance des autres convives et je m'efforçais de lui paraître aimable. Son doux regard plongeait devant elle, et elle répondait légèrement à mon pressement de main, quand derrière nous la lune sortit inopinément d'un nuage ; elle ne vit qu'une ombre, la sienne, s'abattre à ses pieds. Elle frissonna et me regarda avec effroi, puis ses yeux se reportèrent sur le sol pour y chercher mon ombre ; et ce qui se passait en elle se peignit si singulièrement sur son visage, que je n'aurais pu m'empêcher de rire aux éclats, si je n'eusse senti un froid glacial me parcourir tout le corps.

Je la laissai lâcher mon bras et s'évanouir ; je perçai comme une flèche le groupe effrayé, j'atteignis la porte, et me jetant dans la plus prochaine voiture, je regagnai la ville où, cette fois pour mon malheur, j'avais laissé le prévoyant Bendel. Il frémit à mon aspect. Un mot lui révéla tout. On courut à l'instant chercher des chevaux de poste. Je ne pris avec moi qu'un de mes gens, un parfait mauvais sujet nommé *Rascal* qui avait su se rendre nécessaire auprès de moi par son adresse, et qui ne pouvait rien pressentir de mon dernier épi-

sode : cette même nuit je franchis un espace de trente milles.
Bendel resta en arrière pour opérer le déménagement, dis-
tribuer l'or de la grande armoire et m'apporter les choses
les plus nécessaires. Le lendemain, quand il me rejoignit, je
me précipitai dans ses bras, et je lui jurai de ne plus com-
mettre de folie, et d'être plus prudent à l'avenir. Nous pour-
suivîmes notre voyage au-delà de la frontière et des monts.
Arrivé sur leur versant opposé, loin de cette terre de malheur,
je me déterminai à me reposer de mes fatigues dans un lieu
connu pour ses bains, situé aux environs et alors peu fréquenté!

IV.

Il me faudra dans mon récit passer rapidement sur une époque où il me serait bien doux de m'arrêter, si mon souvenir
pouvait en évoquer victorieusement l'âme et le génie. Mais la
couleur qui l'animait et qui, seule, peut l'animer encore, est
effacée en moi, et quand je veux retrouver dans mon sein ce
qui le faisait battre si fortement naguère, les chagrins et le
bonheur, les pieuses illusions — alors je frappe vainement un
rocher d'où ne jaillit plus de source vive, car le Dieu s'est retiré de moi. De quel œil différent me regarde aujourd'hui le
passé!

O *Mina!* de même qu'autrefois je pleurai quand je te perdis
dans le monde, ainsi pleuré-je maintenant que je t'ai perdue
dans mon cœur! Suis-je donc devenu si vieux? — O triste
raison! Rien qu'un battement de pouls de ce temps-là!... Rien
qu'une seconde de cette illusion!! — Mais non!... Je flotte
solitaire sur la cime déserte de tes vagues amères, ô Raison!
et, depuis long-temps, de ma dernière coupe s'est enfui le
sylphe du champagne magique!

J'avais envoyé Bendel, avec quelques sacs pleins d'or, dans
la petite ville où il devait me préparer une maison selon mes

besoins. Il avait semé là beaucoup d'argent, parlant avec réticence (je voulais cacher mon nom) de l'étranger de distinction qu'il servait : — ce qui plongea ces bonnes gens dans de singulières pensées. Dès que ma demeure fut prête à me recevoir, Bendel vint me prendre, et nous nous mîmes en route.

A une lieue environ de la ville, dans une plaine où le soleil dardait tous ses rayons, le chemin nous fut coupé par une foule innombrable en habits de fête. La voiture s'arrêta. Musique, son des cloches, salves de canons retentirent à la fois; un perçant *vivat* traversa l'air — devant la voiture s'avança, vêtu de blanc, un chœur de jeunes filles d'une éclatante beauté, mais qui, devant l'une d'entre elles s'éclipsaient toutes, comme les astres de la nuit devant le soleil. Elle sortit du cercle de ses compagnes; sa forme svelte et délicate s'agenouilla devant moi, parée d'une modeste rougeur, et, me présentant sur un coussin de soie une couronne tressée de laurier, de rameaux d'olivier et de roses, elle me dit quelques paroles où dominaient ces mots : Majesté, Vénération, Amour, — paroles que je ne compris pas, mais dont le son argentin si magique! enivra mon oreille et mon cœur. Il me sembla qu'une fois déjà cette forme céleste avait passé sous mes yeux — le chœur entonna ses chants. Il célébra la louange d'un bon roi et le bonheur de son peuple.

Et cette scène, mon ami, se passait en plein soleil! — Elle était toujours à genoux, à deux pas de moi qui n'avais pas d'ombre, et qui ne pouvais franchir ce petit espace — pour moi tout un abîme! — ni tomber à genoux en face de cet ange. Oh! que n'eussé-je alors donné pour une ombre! Je dus cacher ma honte, mon trouble, mon désespoir au fond de ma voiture. Bendel prit une détermination pour son maître. Il s'élança de la voiture par le côté opposé; je le rappelai et je tirai de ma cassette, pour la lui remettre, une couronne en diamants qui avait dû parer le front de la belle Fanny. Il s'avança et parla au nom de son maître qui ne pouvait, ni ne voulait accepter de tels honneurs. Il ajouta qu'une erreur sans doute les faisait agir; que cependant je remerciais les bons habitants de la ville pour leurs excellentes intentions. Alors il prit la couronne offerte sur le coussin, et il mit à sa place celle en brillants. Puis il tendit respectueusement la main à la jeune fille pour la relever. D'un geste il éloigna le clergé, le maire et les députations. On ne laissa plus s'approcher personne. Il ordonna à la foule de se diviser, et il rentra d'un bond dans la voiture qui partit au galop, passa sous un arc de triomphe construit de verdure et de fleurs, et gagna la petite ville. Les canons ne cessaient de tonner — la voiture s'arrêta devant ma demeure ; je sautai à la hâte sur le seuil, fendant la presse qu'avait attirée le désir de me voir. La populace cria : *vivat !* sous mes fenêtres d'où je fis pleuvoir les doubles ducats. Le soir, la ville fut spontanément illuminée.

Et j'ignorais toujours ce que signifiait tout cela et pour qui l'on me prenait. J'envoyai Rascal aux informations. Il se fit raconter comment on avait déjà la nouvelle certaine que le bon roi de Prusse traversait le pays sous le nom d'un comte ; comment mon adjudant avait été reconnu, et comment en se trahissant il avait décelé mon secret ; combien grande enfin avait été la joie, quand on avait acquis la certitude de me posséder dans l'endroit même. Maintenant qu'il était évident que je voulais garder le plus stricte incognito, on devait bien sentir combien on avait eu tort de tant s'empresser à lever le voile. Mais il ajoutait que mon mécontentement avait été plein de clémence et de grâce, et que je pardonnerais certainement à leurs bons cœurs !

Mon drôle trouva la chose si plaisante que, prenant un ton de blâme, il ne négligea rien pour fortifier ces bonnes gens dans leur erreur. Il me fit un rapport très-comique, et voyant que ce récit m'égayait, il me raconta toute la malicieuse méchanceté qu'il avait commise. Dois-je l'avouer ? cette aventure me flatta par ce seul motif peut-être qu'on m'avait pris pour un si grand personnage !

J'ordonnai qu'on préparât pour la soirée du lendemain, sous les arbres qui ombrageaient le devant de ma demeure, une fête à laquelle je fis inviter toute la ville. La mystérieuse vertu de ma bourse, les soins de Bendel et la dextérité inventive de Rascal réussirent à triompher même du temps. Tout se trouva prêt en peu d'heures, et avec tant de richesse et d'éclat, que ce fut vraiment un prodige. La magnificence égalait la profusion. L'ingénieuse illumination était distribuée avec tant d'adresse que je me sentis en pleine sécurité. Je n'avais que des éloges à donner à mes serviteurs.

Le soir tomba. Les convives arrivèrent et me furent présentés. Pour le coup, il ne fut plus question de Sa Majesté, mais avec une humilité et une vénération profonde on me nommait: *Monsieur le Comte*. Qu'avais-je à faire? Je m'accommodai de ce titre, et je m'en tins pour le moment au nom de *comte Pierre*. Au milieu de tout le tumulte de la fête, mon âme ne cherchait que la jeune fille de la veille. Elle vint tard, elle qui était la couronne et qui la portait! Elle suivait modestement ses parents, et paraissait ignorer qu'elle fût la plus belle. On me présenta le *Maître des forêts*, sa femme et sa fille. Je sus dire au vieillard plusieurs choses agréables et obligeantes; devant sa fille je restai comme un enfant que l'on gronde, sans pouvoir trouver un seul mot. Enfin je la priai en balbutiant de vouloir bien remplir, pour donner plus de dignité à la fête, le rôle que lui assignait déjà la couronne qui ornait sa tête. D'un regard timide et plein d'émotion elle implora l'indulgence. Mais, en sa présence, plus timide qu'elle-même, je lui offris avec respect l'hommage de son premier sujet — et l'exemple du comte fut un ordre pour tous les convives: chacun s'empressa de l'imiter. Majesté, Innocence et Grâce, unies à la Beauté, commandèrent une joyeuse fête. Les heureux parents de Mina crurent que c'était pour leur faire honneur qu'on exaltait ainsi leur fille. Moi-même j'étais dans une ivresse inexprimable. Je fis mettre dans deux plats couverts tout ce qu'il me restait des joyaux que j'avais achetés naguère pour me débarrasser d'un or importun, toutes les perles, toutes les pierres précieuses — et je les fis offrir, au nom de la Reine, à ses compagnes ainsi qu'à toutes les dames. Pendant ce temps, on jetait sans interruption, par-dessus les ba-

lustrades barriolées, des poignées d'or au peuple dont les cris
d'allégresse retentissaient.

Le lendemain matin, Bendel me déclara confidentiellement
que les soupçons qu'il avait long-temps nourris sur la probité
de Rascal, s'étaient changés en certitude. La veille, il avait
dérobé tout un sac d'or. — « Laissons, lui dis-je, à ce pauvre
filou la jouissance de ce petit butin ; mes largesses ont été à
tout le monde, pourquoi pas aussi à lui ? Hier, il m'a servi
très-bien ainsi que les nouveaux domestiques que tu m'as pro-
curés : ils m'ont réjoui en m'aidant à donner une joyeuse
fête. »

Il n'en fut plus question. Rascal demeura le premier de mes
valets, mais Bendel était mon ami et mon confident. Ce dernier s'était habitué à croire ma richesse inépuisable, et il ne
s'enquérait pas de ses sources. Il m'aidait à merveille, entrant
dans mes vues, à inventer des occasions de l'étaler et de dis-
siper l'or. Quant à cet inconnu, à ce gris et pâle hypocrite,
voici tout ce qu'il en savait : que par *lui* seul je devais être
délivré de l'anathême qui pesait sur ma tête, et que je le craignais lui, mon unique espérance ; que, du reste, j'étais convaincu qu'il saurait me découvrir partout, mais moi — lui —
nulle part : c'est pourquoi, dans l'attente du jour promis,
j'avais renoncé à toute recherche inutile.

La splendeur de ma fête et la noblesse de mes manières, en-
tretinrent d'abord les crédules habitants de la ville dans leur
première opinion. A la vérité, les journaux eurent bientôt annoncé que le voyage si merveilleux du roi de Prusse n'avait
été qu'une nouvelle sans fondement. Mais on m'avait fait roi et
je dus rester roi malgré tout, et même un des rois les plus riches et les plus puissants qui eussent existé — seulement, on
ne savait pas au juste *lequel !* — Le monde n'a jamais eu de
motifs pour se plaindre du manque de monarques, et moins
que jamais de nos jours : les bonnes gens dont les yeux n'en
ont encore contemplé aucun, se sont jetées avec le même
bonheur tantôt sur celui-ci, tantôt sur celui-là ! — Le comte
Pierre resta toujours celui qu'il était.

Un jour, parmi les personnes qui fréquentaient les bains, parut un négociant qui avait fait banqueroute pour s'enrichir; il jouissait de la considération générale, et projetait une ombre large quoique un peu pâle. Il voulut étaler en luxe fastueux la fortune qu'il avait amassée, et la mauvaise idée lui vint de rivaliser avec moi. Je dis quelques mots à ma bourse... et j'eus bientôt laissé le pauvre diable si loin derrière moi que, pour sauver sa *considération*, il dut faire une seconde fois banqueroute et franchir les monts: — J'ai fait dans ce pays beaucoup de vauriens et de fainéants!

Malgré cette royale magnificence et cette royale prodigalité, je vivais retiré dans ma demeure, et très-simplement. Je m'étais imposé la plus grande prudence. Sous aucun prétexte, tout autre que Bendel n'osait entrer dans la chambre que j'occupais. Tant que brillait le soleil, je m'y tenais renfermé avec lui, et l'on disait: le comte travaille dans son cabinet. Ce travail entretenait de nombreux courriers qui correspondaient entr'eux, et que je dépêchais pour la moindre bagatelle. Je ne recevais de société que le soir, sous mes arbres, ou dans mon salon adroitement et richement illuminé, par les soins de Bendel. Si je sortais — et Bendel devait toujours veiller sur moi avec des yeux d'Argus, — ce n'était que pour me rendre dans les jardins du maître des forêts où m'attirait l'amour que j'avais pour sa fille, car toute l'âme de ma vie c'était mon amour!

O mon bon Chamisso! j'ai besoin d'espérer que tu n'as pas encore oublié ce que c'est qu'aimer!! Mina était vraiment une enfant digne d'amour, une enfant douce et bonne. Je m'étais enchaîné toute sa fantaisie. Dans sa modestie, elle ignorait comment elle avait pu mériter un seul de mes regards, et elle rendait amour pour amour avec toute la juvénile ardeur d'un cœur innocent. Elle aimait comme une femme, en s'immolant toute... oublieuse d'elle-même, se livrant avec foi, ne pensant qu'à celui qui était sa vie, insouciante dût-elle même périr: — c'est-à-dire qu'elle aimait réellement!

Pour moi — oh! quelles heures affreuses! — affreuses! et dignes pourtant de mes regrets — j'ai passées à pleurer dans le

sein de Bendel après le premier étourdissement de l'ivresse,
alors que la raison me revint, et que je me scrutai moi-même,
moi misérable privé d'ombre, dont le fourbe égoïsme perdant
cet ange, avait trompé et attiré à lui cette âme pure!! Tantôt
je voulais me dévoiler à elle; tantôt je promettais avec de
solennels serments, de m'arracher d'elle et de m'enfuir; ou je
fondais en larmes et je concertais avec Bendel comment, le
soir même, j'irais la revoir dans les jardins du maître des
forêts.

D'autres fois je me forgeais de grandes espérances sur la
prochaine visite de l'homme mystérieux. J'avais calculé le jour
où je comptais le revoir; car il avait dit : « *Après an et
jour* » — et j'avais foi à sa parole.

Les parents de Mina étaient de bons et respectables vieillards
qui raffolaient de leur unique enfant. Ils ne s'aperçurent de
notre amour que lorsqu'il fut à un très-haut degré, et ils ne
surent alors que faire. Jamais jusque-là ils n'avaient rêvé que
le comte Pierre pût seulement penser à leur fille — et voici
qu'il l'aimait de tout son cœur, et qu'il en était aimé !! —
La mère était bien assez vaine pour songer à la possibilité
d'une union, et pour y travailler; mais la saine raison du
vieillard ne donnait point accès à de telles chimères. Tous
deux étaient convaincus de la pureté de notre amour. — Ils ne
pouvaient faire qu'une chose : prier pour leur enfant.

Il me tombe sous la main une lettre de Mina. Elle date de
cette époque. — Oui, c'est bien là son écriture! — Je veux te
la transcrire.

« Je suis une faible, une naïve jeune fille, capable de croire
que mon bien-aimé — si je l'aimais passionnément, passionnément — ne pourrait faire aucun mal à la pauvre jeune fille
— ah! tu es si bon, si *ineffablement* bon ! mais ne me juge
pas mal: tu ne dois rien me sacrifier, ne rien vouloir me sacrifier. O Dieu! je serais capable de me haïr, si tu faisais
cela. Non — tu m'as rendue infiniment heureuse, puisque tu
m'as appris à t'aimer ! — Eloigne-toi, car je sais mon sort : le
comte Pierre n'appartient pas à moi, il appartient au monde

Je veux être orgueilleuse d'entendre dire : « C'était lui !... et ce fut encore lui !... et il a fait cela !... Ici, ils l'ont adoré !... là, ils l'ont divinisé !... » Vois-tu, quand je pense à cela, je me fâche contre toi, de ce qu'auprès d'une simple enfant tu peux oublier ta haute destinée ! — Eloigne-toi, ou cette pensée finira par me rendre malheureuse, moi qui te dois tant de bonheur, tant de félicité ! — Oh ! dis : n'ai-je pas aussi mêlé à ta vie un rameau d'olivier et un bouton de rose, comme à la couronne que j'ai osé t'offrir !? Je te possède dans mon cœur, ô mon bien-aimé ! ne crains donc pas de partir — je mourrai si heureuse, ah ! si divinement heureuse par toi ! »

Je te laisse à penser comme ces mots devaient me déchirer le cœur ! Je lui déclarai que je n'étais pas ce que l'on paraissait croire que je fusse ; que j'étais seulement plus riche, mais infiniment plus misérable que les autres hommes ; que sur ma tête reposait un anathème — le seul mystère qui dût exister entre elle et moi, puisque je ne désespérais pas encore d'en être bientôt délivré ; que le poison de mes jours était cette pensée, que je pourrais l'entraîner avec moi... dans l'abîme, elle, la seule lumière, le seul bonheur, la seule âme de ma vie ! — Alors elle pleurait de nouveau parce que j'étais malheureux. Ah ! elle était si aimante, si bonne ! Rien que pour me racheter une larme, elle se serait — et avec quelle joie ! — immolée elle-même entièrement !

Elle était cependant bien loin d'accorder une foi complète à mes paroles. Elle devinait en moi, tantôt un prince frappé d'un dur bannissement, tantôt un personnage considérable, et son imagination s'empressant de lui fournir des couleurs, elle peignait glorieusement son bien-aimé au nombre des figures héroïques.

Un soir, je lui dis : « Mina, le dernier jour du mois prochain peut changer et clore ma destinée — si cela n'arrive pas, je n'aurai plus qu'à mourir, car je ne veux pas te rendre malheureuse. » — Elle se prit à pleurer et cacha son visage dans mon sein — « Si ton sort vient à changer, laisse-moi seulement te savoir heureux : c'est tout ce que je réclame de toi

— es-tu misérable , lie-moi à ta misère afin que je t'aide à la porter. » — « Jeune fille, jeune fille , reprends-le ce mot trop prompt, ce mot insensé qui s'est échappé de tes lèvres — et la connais-tu cette misère? le connais-tu cet anathème? sais-tu qui est ton bien-aimé — — sais-tu ce qu'il — ? — Ne vois-tu pas que je frissonne et que je te cache un secret? » Elle tomba en sanglottant à mes pieds et réitéra sa prière.

Le maître des forêts entra. Je lui déclarai que mon intention était de lui demander la main de sa fille dès le commencement du mois prochain; je lui dis que je fixais exactement cette époque, parce que d'ici-là telle chose pouvait arriver qui aurait peut-être de l'influence sur mon sort; que mon amour pour sa fille était, seul, immuable.

Le brave homme s'effraya quand il entendit de telles paroles sortir de la bouche du comte Pierre. Il me jeta les bras autour du cou; puis il recula tout honteux d'avoir pu s'oublier à ce point. Alors le doute le saisit, il se mit à réfléchir, à s'enquêter. Il parla de dot, de garanties, d'avenir pour sa chère enfant. — Je le remerciai de m'y avoir fait penser. Je lui dis que je désirais m'établir dans ce pays où je paraissais être aimé , et que je voulais y mener une vie tranquille. Je le priai d'acheter, sous le nom de sa fille , les plus beaux biens qui seraient à vendre dans la contrée, et que je me chargerais des paiements. Dans ces sortes de marchés, ajoutai-je, le père pouvait au mieux servir l'amant. — Cela lui donna beaucoup à faire , car partout un étranger l'avait prévenu : aussi n'acheta-t-il que pour environ un million.

Cette occupation que je lui donnais n'était au fond qu'une ruse innocente pour l'éloigner, car je dois avouer qu'il était un peu à charge. En revanche, la chère maman était un peu sourde et non, comme lui, jalouse de l'honneur d'entretenir M. le Comte.

Cette dernière survint. Les heureuses gens me pressèrent de rester ce soir plus long-temps avec eux; mais je n'osais me retarder d'une minute; déjà je voyais la lune se lever à l'horizon —: *mon temps était passé !*

Le lendemain je revins au jardin du maître des forêts. Je m'étais enveloppé de mon large manteau, j'avais enfoncé mon chapeau sur mes yeux. Je m'acheminai à grands pas vers Mina. Dès qu'elle m'aperçut, elle frémit d'un mouvement involontaire. Soudain alors mon âme crut revoir la forme céleste qui lui était apparue dans cette nuit d'horreur où je me montrai sans ombre au milieu des rayons de la lune. C'était bien elle en effet. Mais venait-elle aussi de me reconnaître? Elle demeurait silencieuse et pensive — un poids oppressait ma poitrine — je quittai mon siège. Elle se jeta dans mes bras, muette et tout en pleurs. Je partis.

Depuis cette époque, je la trouvai plus souvent dans les larmes ; mon âme s'emplissait de ténèbres sans cesse plus épaisses. — Quant aux parents, ils nageaient dans une félicité parfaite. — Le jour fatal approchait, sinistre et menaçant comme une nuée orageuse. La veille était venue. A peine si je pouvais encore respirer. J'avais par précaution rempli d'or quelques coffres. Je veillai jusqu'à la douzième heure. — Elle sonna.

Alors je m'assis, l'œil fixé sur l'aiguille de la pendule, comptant les secondes, les minutes, comme autant de coups de poignard. Au moindre bruit, je tressaillais. L'aube commença à poindre. Les heures de plomb se chassèrent l'une l'autre : c'était midi, c'était le soir, c'était la nuit! les aiguilles bondissaient, l'espoir se fanait. Il sonna onze coups — et rien n'apparut! Les dernières minutes de la dernière heure s'écoulèrent — et rien n'apparut! Le premier coup, le dernier coup de la douzième heure sonna — et je retombai sans espoir sur ma couche que je baignai de larmes intarissables. Ce matin même je devais — pour toujours privé d'ombre — demander la main de ma bien-aimée : un sommeil inquiet me ferma les yeux vers l'aurore.

V.

« Combien peu comprennent qu'il y a
dans les joies insaisissables de la vie une
propriété qui ne souffre point d'échange,
un bien dont on n'apprécie la valeur que
lorsqu'on l'a perdu? hélas! parmi nous combien y en a-t-il qui vendent leur *ombre*, si
ce n'est au diable même, du moins à l'orgueil dont il est l'éternel symbole! »

Je fus réveillé de grand matin par des voix qui se querel-
laient vivement dans mon antichambre. J'écoutai. — Bendel dé-
fendait ma porte; Rascal jurait hautement qu'il n'avait pas
d'ordre à recevoir de son égal, et il prétendait pénétrer chez
moi. Le bon Bendel l'avertissait que si de telles paroles arri-
vaient jusqu'à mon oreille, elles ne manqueraient pas de lui
faire perdre un service avantageux. Rascal le menaça de le
frapper s'il lui barrait plus long-temps le chemin.

Je m'étais habillé à moitié, j'ouvris la porte avec colère, et
m'adressant à Rascal : « Que veux-tu, bandit? » m'écriai-je. —
Il recula de deux pas et me répondit d'un ton glacial : « Vous
prier très-humblement, monsieur le comte, de vouloir bien
une fois me montrer votre ombre : le soleil brille en ce moment si beau dans la cour ! »

On eût dit que la foudre m'avait frappé. Je fus long-temps
avant de recouvrer la parole. — « Comment un valet peut-il
oublier ce qu'il doit à son maître, au point...? » — Il m'interrompit avec un grand sang-froid : « Un valet peut être un
très-honnête homme, et ne pas vouloir servir un maître sans
ombre; je demande mon congé. » Il fallait toucher une autre

corde. « Mais Rascal, mon cher Rascal, qui t'a mis en tête
cette malheureuse idée, comment peux-tu penser? » — Il poursuivit sur le même ton : « Il y a des gens qui veulent soutenir
que vous n'avez pas d'ombre — et bref, montrez-moi votre
ombre, ou donnez-moi mon congé. »

Bendel, pâle et tremblant, mais mieux inspiré que moi,
me fit un signe; j'eus recours à l'or qui sait tout calmer —
mais l'or même avait perdu son pouvoir — il le jeta à mes
pieds: « D'un homme sans ombre je n'accepte rien. » Il me
tourna le dos et, le chapeau sur la tête, il sortit lentement de
la chambre en sifflant un air. Nous restâmes là comme pétrifiés.

La mort dans le cœur, je me déterminai enfin à remplir ma
promesse et à me présenter dans les jardins du maître des forêts, tel qu'un coupable devant ses juges. Je descendis dans le
berceau sombre auquel on avait donné mon nom. La famille
m'y attendait. La mère vint à ma rencontre, le front serein
et joyeux. Mina était assise, pâle et belle, ainsi que la première
neige qui parfois en automne se pose avec amour sur le calice
des dernières fleurs — hélas! et qui bientôt doit fondre en eau
amère! Le père, un écrit à la main, marchait vivement en long
et en large. Il paraissait en proie à une forte lutte intérieure,
et son visage ordinairement immobile, rougissant et pâlissant
tour-à-tour, trahissait son émotion. Il s'avança vers moi comme
j'entrais, et d'une voix incohérente il me demanda un entretien
particulier. Le chemin où il m'invitait à le suivre conduisait
vers un point découvert et exposé au soleil... Je tombai, muet,
sur un siège, et il se fit un long silence que même la bonne
mère n'osa pas rompre.

Le vieillard parcourait toujours à grands pas le berceau. Il
s'arrêta tout-à-coup devant moi, regarda le papier qu'il tenait à la main, et me scrutant de l'œil: « Monsieur le comte,
dit-il, un certain Pierre Schlémihl ne vous serait-il vraiment
pas inconnu? » Je gardai le silence. — « Un homme d'un ca-
ractère supérieur et de qualités remarquables » — il attendit
une réponse. — « Et si moi-même j'étais cet homme? » — « Qui
a perdu son ombre!! » reprit-il impétueusement. — « O mon

.pressentiment ! mon pressentiment ! s'écria Mina, oui, depuis
long-temps je le sais : il n'a point d'ombre ! » et elle se jeta
dans les bras de sa mère épouvantée qui la pressa convulsive-
ment contre sa poitrine, en lui reprochant d'avoir enfoui dans
son sein ce secret funeste. Mais, comme Aréthuse, elle était
changée en une source de larmes qui ruisselaient plus abon-
dantes au moindre son de ma voix.

— « Et vous n'avez pas craint, reprit le vieillard courroucé,
et vous n'avez pas craint, dans votre impudence inouïe, de
tromper le père et la fille ! et vous dites que vous l'aimez, vous
qui l'avez plongée dans une si profonde détresse ! Voyez comme elle pleure et se tord ! Ch ! c'est horrible, horrible ! »

J'étais hors de moi. Dans mon délire, je répondis que ce
n'était après tout qu'une ombre ; qu'on pouvait s'en passer, et
que ce n'était pas la peine de faire tant de bruit ; qu'enfin ce
qu'on avait perdu une fois, une autre fois on pouvait le retrouver.

Il répartit avec colère : « Avouez-le, monsieur, avouez-le,
comment l'avez-vous perdue ? » Je dus mentir de nouveau :
» Un homme grossier courut un jour si brusquement dans
mon ombre, qu'il y fit un grand trou — je l'ai donnée à
raccommoder, car l'or opère des miracles ! Je devais même
déjà la ravoir hier. » —

« Bien, monsieur, à merveille ! s'écria le maître des forêts,
vous demandez ma fille, et vous n'êtes pas le seul ; moi, mon
devoir de père m'ordonne de veiller sur son sort ; je vous ac-
corde trois jours pour vous mettre en quête d'une ombre ; si
dans cet intervalle, vous vous montrez devant moi avec une
ombre qui vous soit bien adaptée, alors vous serez le bien
venu : mais le quatrième jour — je vous le dis — ma fille sera
la femme d'un autre. » — Je voulus essayer encore d'adresser
une parole à Mina ; mais redoublant de sanglots, elle se pressa
plus étroitement contre sa mère qui me fit signe de m'éloigner. Je partis en chancelant : il me sembla que le monde se
fermait derrière moi !

Privé de la garde si dévouée de Bendel, j'errai comme en

démence à travers les plaines et les bois. Une sueur inquiète découlait de mon front; un sourd gémissement s'exhalait de ma poitrine; je délirais.

J'ignore depuis combien de temps j'étais dans cet état, lorsqu'au bord d'une bruyère je me sentis tirer par la manche — Je me retournai — — c'était l'homme à l'habit gris. Il paraissait avoir couru pour m'atteindre, car il était hors d'haleine.

« Je m'étais annoncé pour aujourd'hui, dit-il; vous ne m'avez pas attendu; mais tout ira bien encore si vous suivez mon conseil: reprenez votre ombre qui est à vos ordres, et retournez de suite dans le jardin du maître des forêts; vous y serez le bien venu. Quant à Rascal qui vous a trahi et qui prétend à votre fiancée, j'en fais mon affaire. »

Je croyais rêver — « annoncé pour aujourd'hui? » Je me remis à compter — il avait raison; je m'étais continuellement trompé d'un jour. Je portai la main à ma poitrine pour y chercher la bourse. — Il comprit mon intention et fit deux pas en arrière:

« Non, monsieur le comte, elle est en trop bonnes mains, conservez-la. » Je l'interrogeai d'un œil fixe et stupéfait; il continua: « Je ne demande en revanche qu'une bagatelle pour souvenir: ayez seulement la bonté d'écrire votre nom au bas de ce billet. » Le parchemin portait ces mots:

« Par ma signature apposée au bas du présent, je lègue au possesseur de ce billet, mon âme après sa séparation naturelle d'avec mon corps. »

Muet de surprise, je regardai alternativement le billet et l'inconnu. — Pendant ce temps, il recueillit avec une plume fraîchement taillée, une goutte de sang dont la piqûre d'une épine avait rougi ma main, et il me la présenta.

« Qui donc êtes-vous? » lui demandai-je enfin. — « Qu'importe, répondit-il; et mon extérieur ne le dit-il pas assez? Je suis un pauvre diable, une sorte de savant et de physicien qui ne récolte que d'indignes remerciements pour prix d'un art admirable, et qui lui-même n'a d'autre plaisir sur terre que d'expérimenter un peu — mais signez donc, là juste au bas: *Pierre Schlémihl.* »

Je répartis en secouant la tête : « Pardon, monsieur, je ne
signe pas cela. » — « Pas? reprit-il avec étonnement, et pourquoi pas? »

« Parce qu'il me paraît passablement dangereux d'ajouter
mon âme à mon ombre. » — « Ah! ah! fit-il, « dangereux, »
et il partit d'un éclat de rire — et si j'ose vous demander ce
que c'est donc que votre âme? l'avez-vous jamais vue, et que
projetez-vous d'en faire après votre mort? Croyez-moi, esti-
mez-vous heureux de trouver un amateur qui veut bien vous
payer pendant votre vie l'héritage que vous lui garantirez de
ce Rien, de cette force galvanique ou de cette activité pola-
risante, ou de quoi que soit enfin cette chose chimérique ;
vous le payer, dis-je, avec quelque chose de réel, c'est-à-
dire avec votre ombre qui vous fera obtenir la main de votre
bien-aimée ainsi que l'accomplissement de tous vos vœux. Pré-
férez-vous repousser cette pauvre jeune fille et la livrer à cet
infâme Rascal? — non — et c'est pourtant ce qu'il vous faudrait voir de vos propres yeux! Venez que je vous prête ce capuchon enchanté (il le tira de sa poche) et nous nous ache-
minerons, sans être vus, vers le jardin du maître des forêts. »

Je dois avouer combien je rougissais en songeant que peut-
être cet homme se raillait de moi. Je le haïssais du fond du
cœur, et je crois que cette aversion me détournait encore
plus que mes principes ou que mes préjugés, de racheter mon
ombre, si utile qu'elle me fût, par la souscription demandée.
Je ne pouvais non plus supporter l'idée d'entreprendre cette
route avec lui. Ce hideux hypocrite, ce *Kobold* (démon fami-
lier) au rire moqueur, le voir s'avancer d'un air de raillerie
entre ma fiancée et moi — pauvres cœurs déchirés et san-
glants — : oh cette pensée révoltait mon âme! Je préférai
croire à la fatalité de mon sort misérable, et me tournant
vers l'inconnu :

« Monsieur, lui dis-je, je vous ai vendu mon ombre pour
cette bourse, et je m'en suis assez repenti. Au nom du ciel,
annulez notre marché. » Il secoua la tête et son visage s'obs-
curcit : — « Puisqu'il en est ainsi, je ne veux plus vous rien

5

vendre de ce que je possède, fût-ce même pour ravoir mon ombre. Renoncez donc à ma signature et laissez-moi. »

« Il m'est pénible, monsieur Schlémihl, de vous voir refuser obstinément une offre que je vous ai faite d'amitié. Peut-être qu'une autre fois je serai plus heureux. A un prompt revoir ! — A propos, veuillez encore me permettre de vous montrer que je ne laisse pas se détériorer les choses que j'achète, mais que j'en fais cas et que je les conserve soigneusement. »

Il tira aussitôt de sa poche mon ombre qu'il déploya avec adresse sur la bruyère. Il l'étendit à ses pieds du côté du soleil, puis il marcha fièrement entre les deux ombres — la mienne et la sienne — qui lui rendaient hommage ; car la mienne, hélas ! devait aussi lui obéir et se régler en esclave sur tous ses mouvements.

Lorsque après une si longue séparation, retrouvant enfin ma pauvre ombre, je la vis réduite à ce vil usage, mon cœur se brisa et je me pris à pleurer amèrement. L'odieux inconnu se pavanait avec ma dépouille. Il n'eut pas honte de me réitérer sa proposition :

« Vous pouvez encore en disposer : un trait de plume et monsieur le comte sauve des serres de ce misérable valet la douce et si malheureuse Mina — comme je l'ai dit : rien qu'un trait de plume. » Mes larmes jaillirent avec une nouvelle force, mais je me séparai de lui, et je lui fis signe de s'éloigner.

En ce moment arriva Bendel qui, plein d'inquiétude, avait suivi ma trace jusque-là. Quand ce serviteur bon et dévoué remarqua mes pleurs, quand il vit mon ombre (elle n'était pas à méconnaître) entre les mains de ce mystérieux homme gris, il résolut aussitôt de me remettre en possession de mon bien, dût-il même employer la violence. Il en vint de suite au fait, et sans beaucoup de paroles, il somma l'inconnu de me rendre sans délai ce qu'il avait à moi. Celui-ci, pour toute réponse, tourna le dos au pauvre garçon - - et partit. Mais Bendel levant son gourdin d'épine en croix, s'attacha à ses pas et lui fit sentir la force de son bras nerveux, en lui réitérant l'ordre de restituer l'ombre. Pour lui, comme s'il était habitué à un semblable traitement, il baissa la tête, voûta les épaules et poursuivit silencieusement son chemin jusqu'au-delà de la bruyère, entraînant à la fois mon ombre et mon fidèle serviteur. Long-temps encore j'entendis un bruit sourd retentir à travers la solitude, puis enfin il se perdit dans l'éloignement. J'étais encore une fois seul avec mon malheur!

VI.

Resté dans la bruyère déserte, je donnai un libre cours à mes larmes, soulageant mon pauvre cœur de l'inquiétude inexprimable qui l'oppressait. Mais je ne vis aucune borne, aucun terme à ma misère, et je suçai le venin que l'inconnu venait de verser dans ma blessure. Lorsque mon âme évoquait l'image de Mina, et que cette forme douce et chérie s'offrait à moi pâle et éplorée comme au jour de ma honte, alors je croyais voir Rascal s'avancer arrogant et railleur entre elle et moi, — et je cachais mon visage, et je fuyais à travers les solitudes. Mais la hideuse apparition ne me faisait point grâce; elle me poursuivait en courant jusqu'à ce que je tombasse hors d'haleine sur le sol, mouillant la terre d'une nouvelle source de larmes.

Et tout cela à cause d'une ombre! et cette ombre, un trait de plume me l'eût rendue! Je me mis à peser l'étrange proposition ainsi que mon refus. J'étais aussi incapable de me recueillir que de juger.

Le jour baissa. Des fruits sauvages apaisèrent ma faim, j'étanchai ma soif au plus prochain ruisseau des monts. La nuit vint. Je me couchai sous un arbre. L'humidité matinale me réveilla d'un sommeil pénible où je croyais ouïr en moi-même le râle de la mort. Bendel devait avoir perdu ma trace et cette pensée ne m'affligeait pas. Je ne voulais plus retourner parmi les hommes. Je fuyais épouvanté à leur approche,

comme le gibier ombrageux des montagnes. C'est ainsi que je
vécus pendant trois jours d'anxiété.

Le matin du quatrième jour, je me trouvais au milieu
d'une plaine sablonneuse éclairée par le soleil. J'étais assis
dans ses rayons sur des débris de rochers, car j'aimais maintenant à jouir de son doux regard dont j'avais été privé si
long-temps. Je nourrissais mon cœur de mon désespoir, —
quand soudain un léger bruit me fit tressaillir ; prêt à prendre la fuite, je jetai mes regards à l'entour ; je ne vis personne : mais sur le sable resplendissant, une ombre d'homme,
semblable à la mienne, glissa devant moi ; elle était seule, et
paraissait avoir quitté son maître.

Un désir puissant me saisit : Ombre, pensai-je, est-ce ton
maître que tu cherches ? je veux l'être — et je sautai vers elle
pour m'en emparer. Je croyais que si je pouvais réussir à marcher dans sa trace, de manière à ce que mes pieds s'emboîtas-
sent dans les siens, elle y resterait peut-être attachée, et qu'a-
vec le temps elle s'habituerait à moi.

Au mouvement que je fis, l'ombre prit la fuite et je me mis
ardemment à la poursuivre. Elle dirigea sa course vers une
forêt dans l'ombre de laquelle j'aurais dû nécessairement la
perdre. Je vis le péril. L'effroi fit battre mon cœur, il raviva
mon désir et me donna des ailes plus rapides. Je gagnais évi-
demment sur l'ombre, je m'en approchais de plus en plus,
j'allais l'atteindre — tout-à-coup elle s'arrêta et se tourna vers
moi. Ainsi que le lion fond sur sa proie, je me précipitai sur
elle pour la saisir — — et je me heurtai rudement, sans m'y
attendre, contre la *résistance* d'un corps. Je reçus invisible-
ment dans les flancs les coups les mieux appliqués que jamais
homme ait sentis.

L'épouvante me fit étendre les bras et presser avec force ce
qui était inaperçu devant mes yeux. Dans la vivacité de l'ac-
tion, je tombai la face tournée vers le sol ; sous moi gisait un
homme que je tenais embrassé, et qui dans ce moment pour
la première fois, devint visible à mes regards.

Alors je pus m'expliquer très-naturellement toute mon aventure. Sans doute que cet homme avait d'abord sur lui et qu'il jeta ensuite *le nid d'oiseau* qui a la vertu de rendre invisible le corps mais non pas l'ombre de celui qui le porte. Je regardai attentivement autour de nous, et je découvris bientôt l'ombre du nid lui-même. Je m'élançai d'un seul bond sur ce talisman si précieux — — et déjà je tenais, *invisible* et sans ombre, le nid dans la main.

L'homme s'était levé promptement ; il chercha d'un œil inquiet son heureux vainqueur, et ne découvrit dans la plaine immense ni moi, ni mon ombre dont il parut surtout en peine. Quand il se fut convaincu que toute trace était perdue, il se livra au plus profond désespoir et s'arracha les cheveux. Quant à moi, le trésor dont je me trouvais possesseur me donnait le pouvoir et l'envie de me mêler de nouveau parmi les hommes. Il ne me manqua pas de prétextes à m'objecter à moi-même pour excuser mon vol coupable, ou plutôt je n'eus que faire de ces prétextes, car toutes mes pensées se dirigèrent sur les moyens de mettre à exécution mes nouveaux projets — et je ne me retournai même pas vers le malheureux dont j'entendis long-temps encore la voix plaintive retentir derrière moi.

Je brûlais d'aller au jardin du maître des forêts, et de vérifier la vérité des paroles de l'odieux inconnu, mais j'ignorais où j'étais. Afin de reconnaître le pays, je gravis la plus prochaine colline et de son sommet je vis la petite ville et le jardin étendus à mes pieds — le cœur me battit vivement, et des larmes bien différentes de celles que j'avais versées jusque-là, se pressèrent dans mes yeux : — J'allais la revoir ! ... Je descendis par le sentier le plus direct. J'arrivai inaperçu en face de quelques paysans qui sortaient de la ville. Ils parlaient de moi, de Rascal et du maître des forêts. Je ne voulus rien entendre. Je passai outre.

J'entrai dans le jardin, tous les frissons de l'attente dans le cœur. — Je crus entendre rire près de moi : je tressaillis. Je jetai un regard rapide sur tout ce qui m'environnait : — Personne ! — J'avançai ; il me semblait ouïr à mon côté un bruit semblable à celui que font des pas d'homme ; mais je ne pus

rien voir: Je crus que mon oreille m'avait trompé. — Il était
encore de bonne heure. Personne dans le berceau du *Comte
Pierre*, personne dans le jardin. Je parcourus les chemins qui
m'étaient connus, je pénétrai jusqu'en face de la maison. Le
même bruit me poursuivit plus perceptible. Je m'assis, le cœur
plein d'anxiété, sur un banc en face de la demeure, et que
le soleil éclairait. Je crus entendre l'invisible Kobold s'asseoir
à mon côté avec un rire moqueur. — La clef tourna dans la
serrure de la porte; elle s'ouvrit. Le maître des forêts en
sortit, des papiers à la main. Je sentis comme un nuage
me passer sur la tête; je me retournai — horreur!! l'homme gris était assis là près de moi, me regardant avec un
sourire satanique — il avait posé sur ma tête un coin du capuchon enchanté qui couvrait la sienne; à ses pieds étaient
étalées nos deux ombres paisibles l'une à côté de l'autre. Il
jouait nonchalamment avec le parchemin qu'il tenait entre les
doigts. Tandis que le maître des forêts, occupé avec ses papiers, parcourait en tous sens le berceau, il se pencha confidentiellement à mon oreille et me murmura ces paroles:

« Enfin donc je puis espérer que vous acceptez mon offre,
puisque voilà nos deux têtes sous un même capuchon ! — C'est
déjà bien, déjà bien! Rendez-moi donc aussi maintenant mon
nid d'oiseau, vous n'en avez plus besoin, et vous êtes trop
honnête homme pour vouloir m'en priver — mais pas de remerciement pour cela; je vous assure que je vous l'ai prêté de
bien bon cœur. » Il me le prit aussitôt, le mit dans sa poche
et se rit de moi une seconde fois, et avec tant d'éclat que le
maître des forêts se tourna vers le lieu du vacarme. Je tremblais de tous mes membres.

« Vous devriez pourtant m'avouer, continua-t-il, qu'un tel
capuchon est beaucoup plus commode. Il couvre non-seulement son homme, mais encore l'ombre de cet homme et tous
ceux qu'on a la fantaisie de prendre avec soi. » Il rit de
nouveau. « Soyez-en persuadé, Schlémihl, ce que l'on ne veut
pas faire d'abord de bonne grâce, plus tard on doit le faire
forcément. J'aime à penser que vous me rachetterez cet objet,

que vous reprendrez votre fiancée (car il en est temps encore),
et que nous ferons pendre cet infâme Rascal : ce qui nous
sera facile tant qu'il restera une corde — c'est entendu — et
je vous donne ma coiffe par-dessus le marché. »

La mère survint et cette conversation s'engagea : — « Que
fait Mina? » — « Elle pleure. » — « Ridicule enfant! elle ne
changera donc jamais! » — « Mais la livrer si vite à un autre
— ô homme! tu es cruel envers ton propre enfant! » — « Non,
mère, tu envisages la chose sous un faux jour. Quand Mina
se verra la femme d'un homme opulent et considéré, elle
s'éveillera, consolée, de sa douleur comme d'un songe, et elle
bénira le ciel et nous dans sa reconnaissance. » — « Dieu le
veuille! » — « Elle possède, il est vrai, des qualités bien
recommandables, mais après l'éclat qu'a eu la malheureuse
histoire de l'aventurier, crois-tu qu'il serait facile de trouver
de si tôt pour elle un autre parti qui lui convint autant
que M. Rascal? et sais-tu quelle est la fortune de monsieur Rascal? Il a payé comptant pour six millions de biens
dans ce pays, des biens libres de toute hypothèque! Je le sais
moi qui ai eu les documents entre les mains! C'était monsieur Rascal qui naguère m'avait devancé partout. — De plus,
il a en portefeuille pour environ trois millions et demi de
billets sur Thomas John. » — « Il doit avoir considérablement
volé. » — « C'est-à-dire qu'il a économisé sagement où d'autres auraient dissipé. » — « Un homme qui a porté la livrée! »
— « Sotte raison! en a-t-il moins une ombre irréprochable! »
— « C'est juste, mais — — »

L'homme gris riait en me regardant. La porte s'ouvrit, et
Mina entra dans le jardin. Elle s'appuyait, chancelante, sur
le bras d'une femme de chambre; des larmes silencieuses cou-
laient le long de ses belles joues pâles. Elle s'assit sur un
siège préparé pour elle sous les tilleuls. Son père se plaça à
son côté. Il lui prit affectueusement la main, et tandis que les
pleurs de la jeune fille redoublaient — il lui dit d'une voix
tendre :

« Tu es ma bonne, ma chère enfant, et tu seras raisonnable; tu ne voudras pas affliger ton vieux père qui ne désire que ton bonheur — je le comprends bien, cher cœur! cet événement a dû fortement t'ébranler: tu as échappé par miracle à un malheur imminent! Avant que nous n'eussions démasqué sa lâche tromperie, tu as beaucoup aimé cet indigne. Vois, Mina, je le sais, et je ne t'en fais pas de reproche — et moi aussi, chère enfant, je l'ai aimé, aussi long-temps que je l'ai pris pour un grand personnage. Maintenant, tu le vois toi-même, tout est bien changé. Quoi! le dernier des êtres possède une ombre, et ma chère, mon unique enfant épouserait un homme — — non, tu ne penses plus du tout à lui — écoute, Mina, tu es recherchée à cette heure par un homme qui ne craint pas de marcher au soleil, par un homme honoré qui n'est pas un prince à la vérité, mais qui a dix millions de fortune — un homme qui rendra heureuse ma chère enfant. Ne me réplique rien, sois ma bonne, mon obéissante fille; laisse à ton père qui t'aime le soin d'assurer ton sort et d'essuyer tes larmes. Promets-lui de donner ta main à monsieur Rascal — dis : veux-tu me promettre cela ? »

— Elle répondit d'une voix éteinte : « Je n'ai plus de volonté, plus de désir désormais sur terre; qu'il m'advienne ce qu'il plaira à mon père! » En ce moment on annonça M. Rascal qui entra impudemment dans le cercle — Mina s'évanouit — mon odieux compagnon me lança un regard courroucé, et il me dit ces mots brefs : « Et vous pourriez souffrir cela! que vous coule-t-il donc au lieu de sang dans les veines? » — D'un mouvement prompt il me fit une légère blessure à la main, et le sang coula : — « En vérité, s'écria-t-il, du sang pourpre!! — Alors, signez donc! » — J'avais dans les mains le parchemin et la plume.

VII.

Je ne sais si je dois en attribuer la cause à la tension des ressorts de mon âme sous des émotions trop fortes, ou à l'épuisement de mes forces physiques, ou enfin à la révolution que la présence de ce mystérieux ennemi excitait dans tout mon être ; mais au moment de souscrire, je fus saisi d'un profond évanouissement où je restai long-temps comme dans les bras de la mort.

Des trépignements et des imprécations furent le premier bruit qui frappa mon oreille quand je revins à moi. J'ouvris les yeux ; il faisait obscur ; mon odieux compagnon m'accablait de reproches : « N'est-ce pas là se conduire comme une vieille femme ? Ça, que l'on se ranime et que l'on exécute ses résolutions ! Ou bien a-t-on changé d'avis et préfère-t-on pleurer ? » Je me levai péniblement. La soirée était avancée. Les sons d'une musique de fête s'exhalaient de la demeure illuminée du maître des forêts. Des groupes de promeneurs parcouraient le jardin. Deux d'entre eux s'approchèrent davantage et prirent place sur le banc où je m'étais précédemment assis. Ils causèrent de la cérémonie qui avait eu lieu le matin, du mariage de M. Rascal avec la demoiselle de la maison. — C'en était donc fait !

J'écartai de ma tête le capuchon de l'inconnu qui disparut soudain à mes yeux ; et m'enfonçant dans l'épaisse nuit des broussailles, je gagnai à la hâte la porte du jardin. Mais, invisible, mon persécuteur s'attacha à mes pas, me poursuivant de paroles mordantes : « Voilà donc le remerciement pour la peine que l'on a prise de soigner pendant toute la sainte journée ce Monsieur aux nerfs délicats. Bien, monsieur le boudeur, vous pouvez me fuir, nous n'en sommes pas moins inséparables. Vous avez mon or, et moi votre ombre ; cela ne nous laisse à tous deux aucun repos — a-t-on jamais appris qu'une ombre eût quitté son maître? la vôtre m'entraînera à votre poursuite jusqu'à ce que vous lui fassiez grâce et que vous m'en débarrassiez. Je vous l'ai déjà dit: on n'échappe pas à sa destinée. » Il continua sur le même ton. Je fuyais en vain. Il ne se désistait point, et toujours près de moi, il parlait en se raillant d'or et d'ombre. Il m'était impossible de recueillir mes propres pensées.

Je, me dirigeai vers ma demeure à travers les rues désertes. Arrivé en face, je la regardai sans pouvoir la reconnaître. Aucune lumière ne brillait derrière les fenêtres brisées. Les portes étaient closes; pas un domestique ne se remuait à l'intérieur. — Un rire éclata à mon côté: — « Oui, oui, c'est comme cela! mais vous trouverez au logis votre Bendel. On a eu récemment la précaution de le renvoyer à la maison, si fatigué qu'il l'aura bien gardée depuis sans doute. » Il se remit à rire. « Celui-là aura des histoires à vous conter! Sur ce, bonne nuit: à un prompt revoir! »

J'avais sonné pour la seconde fois. Une lumière parut. Bendel demanda qui était là? Quand ce bon serviteur reconnut ma voix, il put à peine contenir ses transports joyeux; la porte ne fit qu'un saut sur ses gonds, et nous nous jetâmes tout en pleurs dans les bras l'un de l'autre. Je le trouvai fort changé, faible et malade; quant à moi, mes cheveux avaient complètement grisonné.

Il me conduisit à travers les appartements dévastés, jusqu'à une chambre demeurée intacte. Il alla chercher de quoi réparer mes forces, puis nous nous assîmes, et il se remit à pleurer. Il me raconta comment il avait poursuivi si loin en le battant l'homme sec habillé de gris, qu'il avait fini lui-même par perdre mes traces et qu'il était tombé de fatigue; plus tard, ne pouvant me retrouver, il était revenu au logis. Ce fut peu de temps après que la populace, excitée par Rascal, se rua sur la maison, brisa les fenêtres et assouvit sa rage de destruction. C'est ainsi qu'ils avaient traité leur bienfaiteur! Tous mes domestiques s'étaient enfuis. La police de l'endroit m'avait banni de la ville comme suspect, ne m'accordant que vingt-quatre heures pour quitter son territoire. Bien des éclaircissements me furent donnés sur la conduite de Rascal. Ce scélérat, le seul auteur de ce dernier désastre, devait avoir possédé mon secret dès les premiers jours de son entrée à mon service. Alors sans doute il s'était procuré une clef de l'armoire pleine d'or, et c'est là qu'il avait puisé les trésors de son immense fortune.

Les larmes de Bendel l'interrompirent souvent pendant ce récit. Puis il pleura de joie parce que je lui étais rendu et qu'il me voyait supporter mon malheur avec calme et résignation; car le désespoir avait pris en moi cette apparence. Ma misère se dressait immense et immuable devant moi; je lui avais donné toutes mes larmes; elle ne pouvait plus tirer un seul cri de ma poitrine!

« Bendel, répondis-je, tu connais mon sort. Une faute antérieure m'attire ce dur châtiment. Toi qui es innocent, tu ne dois pas unir plus long-temps ta destinée à la mienne, je ne le veux pas. Cette nuit même, je partirai à cheval; tu resteras, je l'exige. Quelques coffres remplis d'or doivent encore être cachés ici: garde-les. Je vais, seul, errer par le monde. Mais si jamais une heure joyeuse vient à me sourire, si jamais la fortune me jette un regard de réconciliation, alors je me souviendrai fidèlement de toi, car c'est dans ton sein que j'ai pleuré durant des heures pénibles et douloureuses. »

Le cœur brisé, ce bon serviteur dut obéir au dernier ordre de son maître. Je fus sourd à ses prières et à ses représentations, insensible à ses larmes. Enfin il m'amena un cheval. Je le serrai une dernière fois dans mes bras, je m'élançai sur la selle et je m'éloignai, sous le manteau de la nuit, du tombeau de mon bonheur; car je n'avais désormais sur terre aucun but, aucun désir, aucune espérance!

VIII.

Un piéton se joignit bientôt à moi. Après avoir marché quelque temps à mon côté, il me pria de lui permettre, vu **que** nous suivions la même route, de placer sur la croupe de mon cheval un manteau qu'il portait. J'y consentis sans rompre le silence. Il me remercia, loua mon cheval et se mit à vanter le bonheur et le pouvoir des riches. Il se livra insensiblement à une sorte de monologue dont j'étais l'unique auditeur.

Il déroula ses vues sur le monde, sur la vie, puis abordant la métaphysique, il lui demanda le mot de toutes les énigmes. Il posait ses propositions avec une grande clarté et en tirait des déductions ingénieuses.

Tu sais, mon ami, qu'après avoir pâli sur les écrits des philosophes dans les écoles, j'ai dû reconnaître que leurs spéculations n'étaient nullement du domaine de ma vocation. Mon esprit s'y est toujours refusé depuis lors. J'ai laissé en repos bien des mystères, et j'ai suivi le chemin naturel n'écoutant que la voix de ma conscience.

Le temps avait fui insensiblement; déjà l'aube éclairait le ciel. Je frémis lorsque soudain je vis se déployer à l'orient l'éclat des couleurs qui précèdent l'apparition du soleil; hélas! et à l'heure où les ombres des corps s'alongent le plus, aucun abri, aucun rempart dans cette contrée découverte! — Et je n'étais pas seul!. Je regardai furtivement mon compagnon, et je frissonnai de nouveau —: C'était l'homme à l'habit gris!

Il rit de mon épouvante: « Consentez donc! me dit-il, à ce que nous mettions en commun nos intérêts, comme cela se fait dans le monde; nous serons toujours maîtres de nous séparer ensuite. Ce chemin qui longe les montagnes est le seul que vous puissiez raisonnablement suivre; vous devez craindre de descendre dans la vallée, et vous oserez encore moins repasser les hauteurs. Pour moi aussi cette route-ci est la préférable. — Mais voilà que vous pâlissez à voir se lever le soleil. Je veux vous prêter votre ombre pour le temps de notre réunion, en revanche vous me tolérerez près de vous. Je remplacerai votre Bendel et vous n'aurez pas à vous plaindre de mes soins. Vous ne m'aimez point, et cela me chagrine. Cependant vous pourriez avoir besoin de moi: le Diable n'est pas

aussi noir qu'on le peint. Hier vous m'avez irrité, je l'avoue;
aujourd'hui je ne m'en souviens plus — Reprenez donc un peu
votre ombre à l'essai. »

Le soleil était levé. Des gens venaient vers nous sur le chemin
— J'acceptai la proposition à laquelle je répugnais intérieurement. Il se prit à rire, et laissa glisser à terre mon ombre qui
se posa aussitôt sur l'ombre du cheval, et trotta plaisamment
près de moi. Je rencontrai une troupe de paysans qui, pour
laisser passer un Monsieur de mon importance, se rangèrent
respectueusement en ôtant leur chapeau. Je poussai mon cheval
au-delà, et le cœur plein d'émotion, je jetai obliquement un
regard inquiet sur cette ombre qui m'appartenait naguère, et
que je venais d'emprunter à un étranger, à un ennemi !

Ce dernier me suivait avec insouciance en sifflant un air.
J'étais à cheval, lui à pied : le vertige me prit. La tentation
était trop forte — je tournai bride vivement, je donnai des
deux éperons à la fois, et j'entrai au grand galop dans un chemin écarté.... Mais je n'entrainai pas l'ombre qui, dès que je
quittai la grand'route, se laissa couler en bas du cheval, et
attendit son légitime possesseur. Je dus revenir confus. Lorsque l'impassible homme gris eut fini sa chanson, il me railla,
me remit l'ombre en selle, et m'assura qu'elle s'attacherait
inséparablement à moi du moment où j'en aurais fait l'ac-
quisition. « Je vous tiens fortement par l'ombre, continua-t-il,
et vous ne parviendrez pas à m'échapper : un homme riche
comme vous a besoin d'une ombre, c'est tout naturel, et vous
n'êtes à blâmer que pour n'avoir pas reconnu plus tôt ce besoin.»

Je poursuivis ainsi mon voyage. — Les commodités et même
le luxe de la vie revinrent m'entourer ; je me sentais libre et
dispos, car j'avais une ombre, bien que ce ne fût qu'une ombre d'emprunt, et j'inspirais partout le respect que commande
la richesse. Mais j'avais la mort dans le cœur. Mon merveilleux
compagnon, qui lui-même se faisait passer pour le serviteur
indigne d'un homme infiniment riche, était d'une attention
extraordinaire, d'une promptitude et d'une adresse prodigieu-
ses ; mais il ne me quittait pas d'une seconde, me répétant

sans cesse d'un ton d'assurance, que je finirais par conclure
le marché, ne fût-ce qu'afin de me débarrasser de lui — le
fait est qu'il m'était aussi insupportable qu'odieux — mais j'é-
tais bien résolu, maintenant que j'avais immolé mon amour
et que ma vie était décolorée, à ne pas engager mon âme à
cette créature, même au prix de toutes les ombres du monde.
Je ne savais pas comment cela finirait.

Un jour, nous étions assis en face d'un gouffre que les étran-
gers qui parcourent les montagnes ont coutume de visiter. On
entend de là le mugissement de fleuves souterrains s'exhaler
d'abîmes insondables, et la pierre que l'on y jette ne semble
être arrêtée par aucun fond dans sa chûte retentissante. *Il* me
dépeignait, ainsi qu'il l'avait fait souvent, avec le charme
éblouissant d'une imagination prodigue de brillantes couleurs,
toutes les choses belles et glorieuses que je pourrais accomplir par la vertu de ma bourse, du moment que j'aurais racheté
mon ombre. Les coudes appuyés sur les genoux, je cachais
mon visage dans mes mains et j'écoutais ce fourbe, le cœur
partagé entre la séduction et la résistance d'une inébranlable
volonté. Je ne pus endurer plus long-temps cette lutte intérieure, et engageant le combat décisif :

« Vous paraissez oublier, lui dis-je, que si je vous ai permis
de me suivre sous certaines conditions, je me suis réservé
toute ma liberté. » — « Si vous l'ordonnez, je plie bagage. »
Je me tus. Il s'assit incontinent afin de remettre en rouleau
mon ombre — je pâlis, mais je le laissai faire — un long silence suivit — il le rompit le premier :

« Vous ne pouvez pas me souffrir, monsieur, vous me haïs-
sez, je le sais ; cependant pourquoi me haïssez-vous ? — Serait-
ce parce que vous m'avez assailli sur la voie publique et parce
que vous songiez à me dérober par la violence mon nid d'oiseau ? Ou serait-ce parce que vous avez essayé, à la façon des
voleurs, de me ravir mon bien, l'ombre que vous croyiez confiée
à votre loyauté seule ? Quant à moi, je ne vous hais point pour
cela ; je trouve très-naturel que vous cherchiez à faire valoir
tous vos avantages, *Ruse* et *Force*. — Que, du reste, vous

ayez les principes les plus sévères, et que vous pensiez comme
la probité même, c'est un caprice auquel je n'ai encore rien à
reprendre. Moi, mes pensées sont moins austères que les vô-
tres, en effet, seulement j'agis comme vous pensez — — vous
ne pouvez pas me souffrir, et je le conçois, et je ne vous en
ferai pas un plus long blâme. Nous devons nous quitter, c'est
clair, car vous commencez aussi à me paraître fort ennuyeux !
— Donc, pour vous délivrer définitivement de mon odieuse
présence, je vous le conseille une dernière fois: achetez-moi
cet objet. » — Je lui tendis la bourse. — « Pour ce prix ? » —
« Non ! » — Je soupirai péniblement: « Alors, monsieur, lui
dis-je, séparons-nous. Ne vous mettez plus désormais devant
mon chemin dans un monde qui, je l'espère, est assez spacieux
pour que nous y marchions tous deux à l'aise. » — Il sourit
et répondit: « Je vous quitte, monsieur, mais auparavant
permettez-moi de vous enseigner la manière dont vous pourriez m'appeler, si jamais vous aviez le désir de revoir votre
très-humble serviteur: vous n'avez qu'à secouer votre bourse
afin de faire bruire les éternelles pièces d'or qu'elle renferme:
ce son m'attire en un clin-d'œil. — Chacun pense à son intérêt
dans ce monde; et vous voyez que je m'inquiète aussi du vôtre, puisque je vous dévoile le mystère d'une nouvelle puis-
sance — oh! cette bourse! cette bourse! —— Tenez, les mites
pourraient dévorer votre ombre, que cette bourse serait encore
entre nous un fort lien: l'or vous rend mon maître — ordonnez, malgré la distance, à votre esclave dévoué; vous savez
que je suis capable de rendre service à mes amis, et que les
riches surtout sont bien avec moi — vous l'avez vu vous-même.
— Quant à votre ombre, monsieur — souffrez que je vous le
répète — vous ne la posséderez de nouveau qu'à une seule
condition. »

Les images du passé surgirent en moi. Je lui demandai vivement: « Auriez-vous une souscription de M. John? » — Il sourit — « avec un si bon ami, je n'en avais nullement besoin »
— « Où est-il? au nom du ciel ! je veux le savoir. » Il enfonça
lentement la main dans sa poche, d'où il tira par les cheveux

Thomas John, pâle, défiguré — et les lèvres bleues de ce cadavre remuèrent pour prononcer ces foudroyantes paroles : « *Justo judicio Dei judicatus sum ; justo judicio Dei condemnatus sum.* » (Par le jugement juste de Dieu j'ai été jugé; par le jugement juste de Dieu j'ai été condamné.) — Je frémis d'horreur, et jetant soudain la bourse dans l'abîme : « Je t'adjure au nom de Dieu, m'écriai-je, être effroyable! éloigne-toi, et ne te montre jamais plus à mes yeux. » — Il se leva d'un air sinistre et disparut aussitôt derrière les rochers qui couronnaient ce lieu désert!

IX.

J'étais donc sans ombre et sans argent; mais ma poitrine se sentait délivrée d'un poids pénible; j'avais le cœur gai. Je crois même que, sans la perte de mon amour, j'aurais été heureux. — Cependant je ne savais quel parti prendre. Je fouillai dans mes poches où je trouvai encore quelques pièces d'or; je les comptai en riant. — J'avais laissé mon cheval dans l'hôtellerie au bas de la montagne; je craignais d'y retourner; du moins devais-je attendre le coucher du soleil qui était encore bien haut dans le ciel. Je m'étendis à l'ombre des arbres les plus proches, et je m'endormis paisiblement.

Un rêve m'unit à des images charmantes au milieu d'une danse folâtre. Mina, une couronne de fleurs dans les cheveux, plana devant moi en m'adressant un tendre sourire; le fidèle Bendel, le front ceint également de fleurs, passa aussi avec vitesse, en me jetant un salut ami. J'en vis beaucoup d'autres encore, et toi-même, je crois, Chamisso, bien loin dans la foule. Une vive lumière brilla; mais aucun n'avait une ombre; — ce n'étaient que fleurs et chansons, amour et joie dans des bocages de palmes. — — Je ne pouvais pas retenir ces formes gracieuses, hélas! trop mobiles et trop tôt dissipées!

Mais un tel rêve m'était si doux que je tremblais de le voir finir. Une fois éveillé, je tins mes paupières closes, afin de garder plus long-temps devant mon âme ces apparitions fugitives.

J'ouvris enfin les yeux ; le soleil rayonnait toujours, mais à l'orient. J'avais passé la nuit à dormir. J'en augurai que je ne devais pas retourner à l'hôtellerie. Je me résignai facilement à perdre ce que j'y avais laissé, et je résolus de m'engager à pied dans un chemin à l'écart qui traversait le bois touffu au pied des monts, laissant au sort le soin d'accomplir ses desseins sur moi. Je ne reportai pas mes regards en arrière ; je ne songeai pas à recourir à Bendel que j'avais laissé riche. — J'allais prendre un nouveau rôle dans le monde. — Mon habillement était fort modeste. J'étais vêtu d'une vieille kurtka (redingote) noire que je portais autrefois à Berlin, et qui m'était tombée sous la main pour ce voyage. J'avais sur la tête un bonnet de route, et aux pieds une paire de vieilles bottes. Je me levai, et après avoir coupé un bâton noueux, je me mis en marche.

Je rencontrai dans le bois un vieux paysan qui me salua honnêtement et avec lequel je me mis à causer. Je m'informai, en voyageur curieux, d'abord du chemin, puis du pays et de ses habitants, des productions des montagnes, etc. Il répondait sensément et avec détails à mes questions. Nous arrivâmes au lit d'un torrent qui avait étendu ses ravages sur une grande partie de la forêt. Je frémis intérieurement quand je vis cet espace qu'illuminait le soleil. Je laissai le campagnard aller devant. Mais au milieu de l'endroit dangereux, il se tourna vers moi pour me raconter l'histoire de cette dévastation. Il remarqua bientôt ce qu'il me manquait et soudain il interrompit son discours: « Mais comment cela se fait-il ? monsieur n'a pas d'ombre ! » — « Hélas ! hélas ! répondis-je en soupirant, pendant une longue et mauvaise maladie, cheveux, ongles et ombre, j'ai tout perdu ! Voyez, père, à mon âge, les cheveux qui m'ont repoussé sont entièrement blancs ! les ongles très-courts, et l'ombre... oh ! l'ombre ne veut pas encore revenir. » — « Eh ! eh ! reprit le vieillard en hochant la tête, pas d'ombre !

c'est mauvais! c'est une mauvaise maladie qu'a eue là monsieur. » Il ne continua pas son récit et au premier chemin de
traverse, il me quitta sans dire un mot. — Des larmes amères
ruisselèrent sur mes joues, et c'en fut fait de ma gaieté.

Je poursuivis tristement ma route et je ne recherchai plus
la société d'un seul homme. Je me cachais dans les retraites
les plus obscures du bois. Souvent, avant de franchir un
point éclairé par le soleil, je devais attendre des heures en-
tières qu'aucun œil ne me le défendit. Le soir, je tâchais de
trouver un gîte dans les villages. Je dirigeais ma marche vers
une mine de montagne où j'espérais trouver du travail sous
terre : car actuellement que ma position m'ordonnait de pourvoir à l'entretien de mon existence, je comprenais qu'un la-
beur rude et incessant pourrait seul me protéger contre l'a-
mertume funeste de mes pensées.

Quelques jours de pluie me remirent sur le chemin, mais
aux dépens de mes bottes dont la semelle avait été faite pour
le *comte Pierre*, et non pour le piéton. J'allais déjà nu-pieds.
Je devais me procurer une autre chaussure. Le lendemain matin, je procédai fort gravement à cette emplète dans un bourg
dont la kermesse avait lieu ce jour-là. Je vis une échoppe où
des bottes vieilles et neuves étaient en vente. Je fus long-temps
à choisir et à marchander. Il me fallut renoncer à une paire
neuve que je désirais et dont le prix déraisonnable m'effraya.
Je me contentai donc d'une paire qui avait déjà servi, mais
qui était encore bonne et forte. Un bel enfant à cheveux
blonds qui gardait la boutique, me les remit en échange de
mon argent, et il me souhaita bon voyage avec un gracieux
sourire. Je les chaussai aussitôt et je sortis de l'endroit par
la porte du Nord.

J'étais si absorbé dans mes réflexions, que je voyais à peine
où je posais les pieds. Je pensais à la mine où j'espérais arriver
vers le soir, et à la manière dont je m'y présenterais. A peine
eus-je fait deux cents pas que je ne reconnus plus le chemin.
Je jetai les yeux à l'entour : — Je me trouvais dans une forêt de
sapins aussi déserte qu'antique, où il semblait qu'on n'eût ja-

mais posé la hache. J'avançai de quelques pas encore : —
J'étais au milieu de rochers arides où je ne vis que mousse
et que pierres, et entre lesquels gisaient des champs de
neige et de glace. L'air était très-froid. Je me retournai : —
La forêt avait disparu. Je fis encore quelques pas : — Autour de
moi régnait le silence de la mort; la glace s'étendait à perte
de vue, un épais nuage s'y reposait lourdement ; le soleil apparaissait sanglant au bord de l'horizon. Le froid était insupportable; la gelée engourdissante me força à marcher plus vite;
j'entendis un mugissement d'eaux prochaines; un pas de
plus... : — et j'étais aux bords glacés d'un océan. A mon aspect, d'innombrables troupeaux de chiens de mer se précipitè-
rent tumultueusement dans les flots. Je suivis ce rivage, et je
vis encore des rochers nus , des plaines , des forêts de bouleaux
et de sapins. Je courus pendant quelques minutes en droite ligne:
— la chaleur était étouffante. Je regardai autour de moi : je me
trouvais entre des champs de riz bordés de mûriers. Je m'assis
sous leur ombrage et je tirai ma montre — il n'y avait pas
encore un quart d'heure que j'avais quitté le bourg — Je
crus rêver; pour me réveiller, je me mordis la langue; mais ce
n'était vraiment pas un songe. Je fermai les yeux afin de recueillir mes esprits — j'ouïs en face de moi d'étranges syllabes.
prononcées d'un ton nasillard — j'ouvris les paupières : deux
Chinois que leur physionomie asiatique m'aurait empêché de
méconnaitre, si leur costume n'avait déjà suffi pour m'ins-
truire, deux Chinois m'adressaient dans leur langage les compliments usités dans le pays. Je me levai et reculai de deux
pas: — Je ne les voyais plus, le paysage était tout autre; des
arbres, des forêts remplaçaient les champs de riz. J'examinai
les arbres et les plantes en fleurs; ceux que je recon-
naissais étaient des productions du sud-est de l'Asie. Je
voulus grimper sur un arbre; un dernier pas — et tout chan-
gea de nouveau : pays, campagnes, prairies, monts , steppes,
déserts de sable se déroulaient avec une mobilité merveilleuse,
à mes regards étonnés : il n'y avait pas à en douter, j'avais
aux pieds des bottes de sept lieues !

X.

Je m'agenouillai et je versai des pleurs de reconnaissance, car mon avenir m'apparaissait clairement. Banni pour une première faute de la société des hommes, j'allais me réfugier dans le sein de la nature que j'ai toujours aimée. La Providence me donnait le riche jardin de la terre; elle disait à l'étude d'être la force directrice de ma vie, et elle me posait pour but la science.

Je me levai, impatient de prendre par un rapide coup-d'œil, possession du champ où je voulais moissonner désormais. — J'étais debout sur les hauteurs du Thibet, et le soleil que j'avais vu se lever peu d'heures auparavant semblait déjà près de se coucher ici. Je le poursuivis de l'est à l'ouest de l'Asie, et j'entrai en Afrique. Mes regards curieux se promenaient à travers l'Egypte sur les pyramides et les temples antiques, lorsque j'aperçus dans le désert, non loin de Thèbes aux cent portes, les grottes qu'habitaient autrefois les anachorètes chrétiens. Soudain cette pensée surgit en moi : c'est ici qu'est ma demeure! Je choisis l'un des ermitages les plus cachés pour ma future habitation. Je le pris spacieux, commode et inaccessible aux chacals.

Je franchis les colonnes d'Hercule et j'étais en Europe. Après avoir inspecté ses provinces du sud et du nord, je m'acheminai par l'Asie septentrionale, au-delà des glaces du pôle, vers le Groënland, et je passai en Amérique. Je parcourus les deux parties de ce continent, et l'hiver qui déjà régnait dans le sud, me chassa bientôt du cap Horn vers le nord.

Je m'arrêtai, attendant qu'il fît jour, dans l'Asie orientale, et ayant pris quelque repos, je continuai mon pèlerinage. Je suivis à travers les deux Amériques les pics les plus élevés de notre globe. Je marchai lentement et avec précaution de cime en cime, tantôt sur des volcans enflammés, tantôt sur des

crètes neigeuses, souvent respirant à peine. J'atteignis le mont
Elie, et je sautai par-dessus le détroit de Behring sur la côte
d'Asie. Je longeai ses rives occidentales dans les nombreuses
sinuosités qu'elles décrivent, et je recherchai avec une attention particulière celles de ses îles qui me seraient abordables.
De la presqu'île de Malacca, mes bottes me portèrent sur Su-
matra, Java, Bali et Lamboc. J'essayai, souvent avec danger
mais toujours vainement, de me frayer un chemin vers Bornéo
et les autres îles de cet archipel, en m'aventurant sur les
îlots et les récifs dont cette mer est semée. Il me fallut renoncer à cet espoir. Enfin, je m'assis sur la cime le plus à
l'extrémité de Lamboc, et la face tournée vers le midi et l'o-
rient, je pleurai comme à la grille infranchissable de ma prison. La merveilleuse Nouvelle-Hollande, la mer du Sud et ses
îles fécondes en zoophytes, si indispensables à qui veut comprendre la terre et le monde des plantes et des animaux, m'é-
taient donc interdites, et c'est ainsi que, dès l'origine, tout
ce que mes mains devaient assembler et construire, se trou-
vait condamné à demeurer un simple fragment!

Souvent, durant le plus rigoureux hiver de l'Amérique du
Sud, marchant avec la folle témérité du désespoir sur des
glaçons à moitié fondus, souvent j'ai essayé de franchir à l'o-
rient, par delà les glaces du pôle, les deux cent pas environ
qui séparent le cap Horn de la terre de Diemen et de la Nouvelle-Hollande; et je ne me souciais pas du retour, dût même
ce misérable pays se fermer sur moi comme la pierre de mon
tombeau! Ce fut en vain; je n'ai pas encore été à la Nouvelle-
Hollande! — A la suite de mes efforts inutiles je revenais toujours à Lamboc, je m'asseyais sur sa cime la plus extérieure,
et la face tournée vers le midi et l'orient, je pleurais de nouveau comme à la grille infranchissable de ma prison.

Je m'arrachai enfin de ce lieu et je retournai tristement dans
l'intérieur de l'Asie. Je la traversai en poursuivant l'aube vers
l'ouest, et j'arrivai cette même nuit en Thébaïde dans la demeure que je m'étais choisie la veille.

Dès que j'eus pris un peu de repos et que le jour éclaira

l'Europe, mon premier soin fut d'aller me pourvoir de tout ce qui m'était nécessaire. J'avisai d'abord au moyen de raccourcir mon pas, car j'avais reconnu combien il était incommode de devoir toujours ôter mes bottes pour examiner à loisir les objets proches. Une paire de pantoufles mises par dessus eurent tout l'effet que je m'en étais promis. Depuis, je pris la précaution d'en porter toujours deux paires avec moi, car lorsque lions, hommes ou hyènes venaient m'effrayer au milieu de mes recherches de botanique, je jetais le plus souvent celles que j'avais aux pieds, sans avoir le temps de les ramasser avant de fuir. Ma montre était pour la courte durée de mes courses un excellent chronomètre. Il me fallait encore un sextant et certains livres et instruments de physique.

Je fis, pour me les procurer, quelques tournées inquiètes à Londres et à Paris qu'un brouillard, à moi favorable, voilait également ; quand le reste de mon or magique fut épuisé, je payai mes emplètes avec de l'ivoire trouvé en Afrique et qu'il me fut facile d'apporter. Je choisissais les plus petites dents dont le poids n'excédait pas mes forces. Il ne me manqua bientôt plus rien, et je commençai mon nouveau genre de vie.

Je fis des excursions en tous sens sur la terre, mesurant tantôt ses hauteurs, tantôt la température de ses sources et celle de l'air ; ici j'observais les animaux, là j'examinais les plantes. Je volais de l'équateur vers le pôle, d'un monde à l'autre, comparant les expériences aux expériences. Les œufs de l'autruche africaine, ou les oiseaux de mer et les fruits du nord, surtout ceux du palmier et du bananier, étaient ma nourriture ordinaire. Pour remplacer le bonheur qui me manquait, j'avais le tabac ; au lieu de l'amitié des hommes, l'amour d'un barbet fidèle qui gardait ma grotte en Thébaïde. Lorsque j'y revenais chargé de nouveaux trésors, il sautait si joyeux sur moi que ses caresses me faisaient sentir que je n'étais pas seul sur la terre. Une aventure devait encore me ramener parmi les hommes.

XI.

Un jour que dans une contrée du nord je recueillais sur la grève des lichens et des algues, un ours des glaces vint inopinément à ma rencontre au coin d'un rocher. Je voulus, jetant mes pantoufles, me frayer un passage vers une île située en face et que des rocs nus séparaient de moi. Je posai un pied ferme sur la pierre — et je tombai de l'autre côté dans les flots : — Je n'avais pas remarqué qu'une de mes pantoufles était restée attachée à l'autre pied !

Le grand froid me saisit ; ce ne fut pas sans peine que j'arrachai ma vie à ce péril. Dès que j'eus regagné la terre ferme, je volai de toute la vitesse de mes bottes vers le désert de Lybie, afin de m'y sécher au soleil ; mais ses rayons tombaient si brûlants sur ma tête que, tout malade, je retournai chancelant vers le nord. J'essayai si un grand exercice me soulagerait un peu et je courus à toutes jambes de l'occident à l'orient et de l'orient à l'occident. — Je me trouvais tantôt dans la nuit, tantôt dans la lumière du jour ; dans les chaleurs de l'été, ou dans les frimas de l'hiver.

J'ignore combien de temps dura cette course insensée. Une fièvre dévorante bouillonna dans mes veines. Je sentis avec angoisse que la pensée m'abandonnait. Le malheur voulut encore que dans ma marche délirante j'allasse me heurter contre quelqu'un. Je reçus un coup violent et je défaillis.

Quand je revins à moi, j'étais couché commodément dans une salle spacieuse entourée de lits. Une personne était assise en face de mon chevet ; des individus circulaient d'un lit à l'autre. Ils vinrent auprès du mien en s'entretenant de moi. Ils me nommaient *numéro douze*, bien qu'à mes pieds, sur une table de marbre noir posée contre le mur, je visse ce nom très-bien écrit en caractères d'or :

Pierre Schlémihl.

Deux autres lignes suivaient ces mots, mais j'étais **trop** faible pour pouvoir les déchiffrer. Je refermai les yeux.

J'entendis lire à haute voix quelque chose où il s'agissait de Pierre Schlémihl ; mais je ne pus en saisir le sens. — Devant mon lit s'avancèrent un homme et une femme belle et vêtue de noir. Ces formes ne m'étaient pas étrangères, et pourtant je ne pouvais les reconnaître.

Le temps s'écoula, et je repris des forces. J'avais nom *numéro douze*, et la longue barbe du numéro douze lui donnait l'air d'un juif. On ne m'en prodiguait pas moins les soins les plus attentifs. Mon manque d'ombre semblait n'avoir pas été remarqué. On m'assura que mes bottes et tous les objets trouvés sur moi avaient été mis en bonne et sûre garde afin de m'être rendus après ma guérison. Le lieu où je gisais malade, s'appelait *le Schlémihlium*. Ce que j'avais ouï lire sur Pierre Schlémihl était une exhortation à prier pour ce dernier comme étant le fondateur et le bienfaiteur de cet établissement. L'homme que j'avais aperçu près de mon lit était Bendel, la femme si belle était Mina.

Je guéris dans le Schlémihlium où j'appris encore bien des choses. — J'étais dans la ville de naissance de Bendel. Il y avait fondé sous mon nom avec le reste de mon or naguère maudit, cet hospice où des malheureux me bénissaient, et il en était le directeur. Mina était veuve. Un procès-criminel avait causé la mort de Rascal et enlevé à Mina la plus grande partie de sa fortune. Ses parents n'étaient plus. Elle vivait ici dans la crainte de Dieu, et dans la pratique des œuvres de charité.

Elle s'entretenait un jour avec Bendel au bord de la couche du n° 12 : « Pourquoi, noble dame, vouloir vous exposer si souvent à l'atmosphère perfide de ce lieu ? Le sort vous est-il donc si dur que vous désiriez mourir ? — Non, Bendel, depuis la fin de mon long rêve, depuis que je me suis éveillée de mon sommeil intérieur, la vie m'est facile à porter ; je ne désire et ne crains plus la mort ; je pense avec une gaieté calme au passé et à l'avenir. — Et vous Bendel, n'est-ce pas aussi avec une joie ineffable et sereine que vous entourez aujourd'hui de soins si pieux votre maître et ami ? » — « Oui, noble dame, et j'en rends grâces à Dieu. Le passé n'a été qu'une épreuve, èt l'épreuve ést finie. Oui, j'en ai la confiance dans le cœur; notre vieil ami doit aussi se sentir mieux maintenant qu'autrefois. » — « J'ai la même confiance, » répondit la belle veuve — et ils s'éloignèrent.

Cette conversation fit sur moi une profonde impression. Je me demandais si je devais rompre le mystère ou partir sans me faire reconnaître. Je me décidai enfin. Je me fis donner papier et crayon et j'écrivis ces mots:

« Oui votre vieil ami aussi se sent mieux maintenant qu'autrefois. »

Cela fait, j'exprimai le désir de m'habiller. On alla chercher la clef d'une petite armoire qui était auprès de mon lit. J'y trouvai toutes mes affaires. J'attachai au-dessus de ma kurtka ma boîte de botanique où je revis avec plaisir mes lichens du Nord. Je mis mes bottes, je plaçai mon billet sur mon lit — et la porte venait à peine de s'ouvrir, que j'étais déjà loin sur la route de la Thébaïde.

Comme je suivais le long des rives de la Syrie le même chemin par lequel je m'étais cette dernière fois éloigné de ma demeure, je vis venir à ma rencontre mon pauvre *Figaro*. Ce bon barbet semblait vouloir suivre la trace de son maître qu'il avait attendu long-temps en vain. Je suspendis ma marche et je l'appelai. Il s'élança en aboyant vers moi, et il me témoigna sa joie par mille bonds et caresses. Je le pris dans mes bras, car il ne pouvait certainement pas me suivre, et je le portai dans ma grotte.

Tout était encore là dans le même ordre. Je me remis peu à peu à mes anciennes occupations.

Et c'est encore ainsi, mon cher Chamisso, que je vis à cette heure. Mes bottes ne s'usent pas malgré ce que m'avait fait craindre d'abord l'ouvrage du célèbre Tieckius, *de rebus gestis Pollicilli*. — Leur pouvoir est toujours le même : ma force, seule, s'en va. Mais j'ai la consolation de l'avoir employée à atteindre un but invariable, et de ne l'avoir pas fait sans fruit. Partout où mes bottes m'ont conduit, j'ai appris à connaître à fond la terre, sa forme, ses hauteurs, sa température,

8

son atmosphère, les phénomènes de sa force magnétique et ceux de la vie, surtout dans le règne végétal. J'ai coordonné la constatation des faits dans plusieurs ouvrages avec toute la clarté et l'exactitude possibles ; j'ai consigné à la hâte mes conclusions dans quelques traités complémentaires. — J'ai fixé la géographie de l'intérieur de l'Afrique, et celle des régions septentrionales du pôle ; de l'intérieur de l'Asie et de ses rivages orientaux. — Mon *Histoire des racines des plantes des deux mondes* est là comme un grand fragment de la *Flore universelle*, et comme un membre de mon *Système de la nature*. Je crois avoir ainsi non-seulement augmenté de plus d'un tiers le nombre des espèces connues, mais encore avoir fait quelque chose pour la géographie des plantes. Je travaille assidument à cette heure à ma Fauna. J'aurai soin qu'avant ma mort mes manuscrits soient déposés à l'Université de Berlin.

Et toi, mon cher Chamisso, je t'ai choisi pour conservateur de ma merveilleuse histoire, afin que peut-être, après ma disparition de la terre, elle puisse être une utile leçon pour certains de ses habitants. Quant à toi, mon ami, veux-tu vivre parmi les hommes ? alors apprends à révérer d'abord l'ombre, puis l'argent. — Veux-tu vivre pour toi et pour ce qu'il y a de meilleur en toi ? oh ! alors tu n'as pas besoin de conseil.

ICI FINIT L'HISTOIRE.

A PROPOS

DE

L'OMBRE DE PIERRE SCHLÉMIHL.

CHER VICTOR !

> Bíos esti skias onar.
> (Un Sage de la Grèce.)
> *La vie est le rêve d'une ombre !*

J'ai la tête, les yeux, les oreilles et le cœur pleins d'ombre, mon ami ! Si je dors, des ombres inquiètes troublent mon sommeil ; nul héros des tragédies antiques n'eut plus que moi des songes remplis de spectres : de l'ombre ! partout de l'ombre ! — Qu'est donc devenu le soleil ? qui nous cache les étoiles ? Pour moi le monde est un cahos, la vie une éclipse !

C'est que l'ombre de Schlémihl me poursuit sans relâche , comme l'ombre de son père poursuivait Hamlet ! c'est que l'ombre de Schlémihl me crie sans relâche : « Sais-tu ce que je suis ?! »

— Ce que tu es ? ô ombre ! hélas ! je crains bien que l'on ne puisse dire de toi ce qu'Esope disait des langues ! je crains que l'on ne puisse te nommer tout à-la-fois nuit et lumière — et que d'ombres différentes ne distingue-t-on pas entre le clair-obscur du crépuscule et le noir désespérant d'une nuit privée de ses astres ?! J'en appelle ici à la science des physiciens qui décomposent si admirablement un rayon solaire !

Mais aucune de ces ombres ne peut être la tienne, ô Schlémihl ! — Mais toi-même pourquoi rester invisible à mes regards ? Je t'évoque en vain ! hélas ! mille fois hélas ! Les

ombres qui nous quittent ne se montrent plus à nous, et les
dieux ne permettent qu'à un Orphée d'aller délivrer l'ombre
d'une Euridice — et pour cette dernière encore, qui a pu
oublier ses larmes de collége?

O Schlémihl! ton histoire paraît avoir été écrite pour des
esprits passés docteurs ès-logogriphes et charades!

Les œuvres les plus immortelles ont ameuté autour d'elles
le plus d'interprétations contradictoires renaissant sans cesse
de leurs cendres, comme le phénix qui se transfigure sans fin:

Témoin l'Iliade, l'Odyssée, la Divine Comédie, le poème des
Niebelungen, et la Scienza nuova de Vico:

Témoin l'ombre de Schlémihl!

On dit que les nébuleux commentateurs de l'Allemagne ont
écrit trois *in-folio-monstres* sur cet *opuscule-miniature* — —
que de peines et de travaux pour une ombre! Eh bien! je
pousserais le dévouement envers mon ami Schlémihl jusqu'à
traduire ces élucubrations dans le feuilleton de la *Dunker-
quoise*, (pourquoi frissonner, chers lecteurs?) si je ne pensais que dans un sujet déjà si ténébreux, il importe surtout
d'éviter les commentateurs occupés de tout temps (tu le sais)
à mettre de l'ombre sur l'ombre!

Quoi qu'on en puisse dire, cher Victor! voyons dans cette
œuvre *fantastico-diabolique* un symbole de profonde philosophie formulée d'une manière si gaiement railleuse, qu'elle
nous rappelle le vieil Odin assis sur la cime du Walhallah,
les traits éclairés par un sourire empreint de la légère ironie
de la force qui se sent, et de la sereine douceur de la Bonté.

Sur quoi juge le monde? que récompense et que glorifie le
plus souvent le monde? — l'*Apparence.*

Qu'est-ce que l'apparence?

C'est l'*ombre* de ce qui est.

Qu'appelle-t-on *Illusion* dans le monde?

Cette naïve croyance: que la Justice, l'Amour et la Vertu
sont, seuls, chargés de diriger et de récompenser les hommes.

La jeunesse est l'âge d'or de cette sainte Illusion — tu sais
comme moi, cher Victor! comme souvent cette illusion est

foulée aux pieds par une certaine pratique de la vie! — Dieu nous garde du pessimisme! mais nous n'en sommes plus à apprendre si, pour réussir parmi les hommes, le mérite réel mais consciencieux et modeste est une meilleure arme que l'intrigue qui se prostitue.

Qu'est-ce que l'Intrigue?

C'est une ombre dont l'ignorance, la fausse valeur ou la turpitude voilent leur nudité.

Cela posé, je demande si mon ami Pierre Schlémihl qui avait la vertu de la jeunesse, c'est-à-dire un cœur noble, droit et généreux, qui possédait toutes les qualités réelles et natives, je demande s'il devait faire grand cas de ce qui n'était que la vaine apparence de ces qualités: de l'*ombre?*

Je demande (et ceci est, je crois, l'histoire du désenchantement de bien des âmes), je demande quelles durent être la douleur et l'indignation de mon ami Pierre Schlémihl, quand, dès son entrée dans le monde, il se vit raillé, honni, insulté, trahi, parce qu'il n'étalait pas un faux mérite, une fausse vertu — *parce qu'il n'avait pas d'ombre!!*

— En vérité, l'homme gris savait bien ce qu'il faisait quand il offrait à ce candide et innocent Schlémihl un prix si inouï pour une chose si ordinaire et si vaine: une ombre!

Et, supposé que cet homme gris fût le diable, pouvait-il faire un meilleur marché? Ne devait-il pas se croire sûr de posséder enfin celui dont il avait déjà l'ombre? Car l'ombre ne suit-elle pas toujours l'homme — ou l'homme l'ombre? et par quoi les hommes se livrent-ils au diable sinon par le criminel délire avec lequel ils étouffent en eux les bons instincts innés pour n'en montrer au-dehors que l'apparence, l'*ombre!* par quoi donc les hommes s'enchaînent-ils au diable? — — Par l'ombre.

Nous tous que le sort de Schlémihl a frappés de stupeur, nous avons tous eu la même épreuve à subir, ou nous la subirons un jour. Je ne dis pas qu'un homme gris a eu ou aura la galanterie de nous offrir à tous *le Chapeau du souhait*, ou *la Bourse de Fortunatus* (non! il lui faudrait pour cela une trop grande poche !) mais j'affirme qu'il a déjà proposé ou qu'il proposera à chacun de nous un prix pour notre ombre ! Songez-y bien : l'homme gris est un Protée ! — Moi, j'ai vendu mon ombre à la Poésie ; aussi depuis quelque temps cette pauvre ombre a tellement diminué que je tremble de la regarder au soleil ? — C'est pourquoi je préfère la solitude et les berceaux de verdure — toi, Victor, je sais à *qui* tu as vendu la tienne et — j'en jure par le peu d'ombre qui me reste ! — ce n'est certainement pas à un homme gris, encore moins à un diable — (ou je dois avouer que ce diable est bien aimable !)

Tout cela prouve que *Messer Kobold* est un grand maître en fait de tentations et de ruses.

Or, quand l'homme gris nous a laissés *avec* une ombre en *moins*, et une passion, une jouissance *en plus*, nous poursuivons notre voyage à travers la vie, nous abandonnant toujours davantage à cette passion, à cette jouissance qui finit par devenir pour nous un besoin ; regrettant toujours dans une progression analogue *l'ombre première* que nous avons perdue — et nous voilà misérables et malheureux !... Alors (j'ai déjà dit que le diable est un grand maître en fait de tentation, et j'ajoute qu'il excelle aussi à saisir le moment opportun) alors se présente de nouveau l'homme gris, qui nous dit d'une voix traîtreusement mielleuse et bienveillante : « Tout va bien encore, si vous suivez mon conseil ; reprenez votre ombre qui est à vos ordres... Je ne demande en échange qu'une bagatelle pour souvenir de vous. » — Tu connais, Victor, le billet que cet odieux inconnu osa présenter à Schlémihl, et tu n'as pas oublié ce que répondit ce vertueux Schlémihl à une proposition aussi satanique ; et tu t'es écrié comme moi : « Cet homme est vertueux et pur, bien qu'il n'ait point d'ombre ; il est sans doute plus pur et plus vertueux que ceux qui le persécutent à cause de son manque d'ombre, eux qui peut-être ont racheté la leur au prix de leur âme !! »

Je me suis fait le défenseur de mon ami Pierre Schlémihl, parce que jusqu'à présent j'ai vu en lui une victime et pas même l'ombre d'un coupable. Peut-être me suis-je trompé.

— Et de combien de pensées consolantes cette ombre n'est-elle pas encore le symbole? Ne nous prouve-t-elle pas que l'homme porte avec lui et en lui toutes les garanties de son bonheur, oui toutes et les seules conditions de son bonheur? Ne nous prouve-t-elle pas que les chercher ailleurs est folie et devient corruption et crime, comme le filet d'eau qui s'échappe de la source pure, se trouble et n'est bientôt qu'une flaque fétide. Oh! ton ombre, Schlémihl, c'est l'Innocence qui nous abrite si doucement! c'est l'asyle où repose une vie heureuse et cachée! c'est l'amour qui protège le cœur!

Ah! vous êtes aussi des ombres bienfaisantes, vous qui bercez l'imagination du Poète dans les régions idéales! vous êtes peut-être des âmes pieuses et compatissantes, mortes de l'air épais d'ici-bas, et qui voulez soulager un peu ceux qui souffrent de votre mal!

Hélas! il est une autre ombre que désirent les poètes, et qui est peut-être sortie de la poche de l'homme gris, si pas antérieurement déjà de la boîte de Pandore :

« Nous-mêmes, Chamisso, jaloux d'une mémoire,
Que cherchons-nous, les yeux fixés sur ce soleil
Que l'on nomme la Gloire? — Hélas! qu'est donc la Gloire?
— Soleil pendant le rêve et vaine ombre au réveil!

La gloire! — Oh! tu le sais : que sa magique aurore
Poind, joyeuse et brillante, entre les rameaux verts!
Mais aussi que de fleurs son midi décolore!
Et, quand l'astre est couché, que d'ombre aux cieux déserts!»

Il est des ombres grossières... contre lesquelles on vient se heurter... (Rappelle-toi la *résistance d'un corps* que rencontra ce pauvre Schlémihl...) — Prions pour l'âme de ceux qui les possèdent, car ils ont mis leur nom au bas du billet de l'homme gris!

Je m'aperçois un peu tard que je viens de t'écrire une lettre pleine d'ombres, et qu'au lieu d'allumer un flambeau dans ces ténèbres, j'ai bien pu les rendre plus épaisses — dans ce dernier cas du moins j'aurai eu le mérite de la couleur locale !

Une ombre bien douce et dont je ne doute pas, c'est celle de notre amitié d'enfance qui nous suivra dans l'avenir !

Dimanche soir 17 septembre 1837.

LE CHATEAU

AU BORD DE LA MER (*).

BALLADE TRADUITE D'UHLAND.

As-tu contemplé le manoir,
Le vieux manoir sur le rivage?
Rose et doré, plus d'un nuage
Passe au-dessus de son front noir.

Il projette une ombre inquiète
Sur les flots bleus en s'y penchant;
Vers la fournaise du couchant
Il élève son large faîte.

(*) Le premier ouvrage de l'école de Dusseldorf (dirigée par M. Schadow)
qui a annoncé et donné la mesure de la nouvelle ère qui s'ouvre pour la pein-
ture, a été le *Couple royal en deuil*, de Lessing. Le sujet est cette ballade
d'Uhland. Dans son Couple royal, dit M. le comte Raczynsky, cet artiste s'est
élevé, pour la pureté du style, à la hauteur de Fra Bartolomeo, et à celle du
Poussin, pour la sévérité des poses et du dessin. — Ce qui frappe d'abord le
spectateur, c'est le riche éclat de la scène, ce soleil dans toute sa gloire illumi-
nant le château qui jette le contraste de son ombre dans les flots étincelants. Puis
le regard, d'abord ébloui, s'habitue à cette pompe et remarque bientôt les détails. Soudain il aperçoit sur la terrasse le Roi et la Reine sombres et vêtus de
noir. Pourquoi cette tristesse opposée à cette joie? A peine a-t-on fait cette
réflexion, que l'on aperçoit dans une salle entr'ouverte une jeune fille pâle et
couverte du linceul de mort. C'est le mot de l'énigme.

— « Oui, j'ai contemplé le manoir,
Le vieux manoir sur le rivage :
La lune, sortant d'un nuage,
Illuminait son faîte noir. »

Les vents de la mer et les ondes
Exhalaient-ils un son perçant ?
Un chant de fête, un joyeux chant
Venait-il des salles profondes ?

— « Les vents de la mer et les flots
Dormaient dans un morne silence :
J'entendis dans la salle immense
Un chant de plainte — et des sanglots !... »

Vis-tu sur les degrés du trône
S'avancer le couple royal ?
Sur le rouge manteau ducal
Vis-tu rayonner la couronne ?

Vis-tu folâtrer autour d'eux,
Pure étoile de la famille,
Une charmante jeune fille
Aux doux regards, aux blonds cheveux ?

— « Oui j'ai vu le couple du trône
Mais en deuil sombre — et la couronne
Sur aucun front ne rayonna...
— Et la vierge n'était point là !

24 Février 1837.